天狼星书系
SIRIUS SERIES

自然的灵异，悬疑的惊悚;
逻辑的力量，理性的光芒。

天狼星书系

SIRIUS SERIES

寻凶

骑鲸葱花——著

法律出版社 | LAW PRESS

目 录
CONTENTS

第一章 迷雾重重

中午时，谷青接到父亲的电话，说爷爷病重，让他马上赶回家去。

午饭都来不及吃完，他便跑到教官那里请假，又拜托教官帮他向实习的警队告假，然后匆匆忙忙离开警校，打了辆出租车直奔家里。

谷青是警校大四的学生，今年 22 岁，家住在离省城将近三百公里的一个叫后堂村的村子。因为有一段路无法通车，所以乘车到一个叫月亮坟的地方后，谷青便只能步行了。

月亮坟是座山，因为周边的人死后基本都会埋在那里，所以很多人都说那地方不“太平”。

谷青不信那个。他是个彻彻底底的无神论者，从来不相信世界上有鬼神存在，尤其是上了警校之后，他学的是刑侦专业，讲究的是一切都要靠证据说话，所以他更加笃定鬼神之说是荒谬的。

乡下的路有些难行，他到月亮坟的时候天都已经擦黑了。谷青背着背包，快步进了村子。

后堂村有百十户人家，谷家在村子最中间的位置。谷岩一共有六个孩子，四个儿子两个女儿，谷青的父亲谷宏是老三。这一大家子人都住在村子里，谷岩和大儿子谷江住在一块儿。

谷青路过自己家时见家中没人，便直奔大伯家，可当他站在大伯家门口的时候，顿时傻眼了，因为大伯家的院子里搭着灵棚，灵棚的正中央放着一口棺材，棺材前面放着一张放大的黑白照片，正是爷爷谷岩。

怎么回事？父亲在电话里明明只说爷爷病重，怎么家里就给他布置了灵堂呢？

谷青心里满是不可置信。

灵棚两边聚了不少人，除了谷家人之外还有一些邻居、村民，大家脸上的表情都很严肃，空气中弥漫着一股浓郁的压抑而悲伤的气息，让谷青的心情不自觉地也变得沉重起来。

看到谷青后，村民简单打了个招呼就给他让出了一条路来。

谷青茫然向前，走到棺材前的时候，下意识伸手想要推开棺材盖，看看里头是不是爷爷。

“青子，你这是干啥？不想让你爷爷安息了？”一声断喝把谷青惊住了。

出声阻拦的是谷青的大伯谷江，一个身材高瘦一脸阴鸷的老头儿，不到六十岁的年纪，却长了一张七八十岁的脸。他一脸厌恶地想把谷青拉开。

谷青眉头一皱，突然坚定了信念，将谷江的手甩开，又要去看。

谷江怒了，还要来拦。

“大哥，你就让青子看看吧，毕竟咱爹最喜欢青子。”谷青的小姑谷小美拦住谷江说。

谷江皱了皱眉头，一声冷哼，最终放弃了阻拦。

当谷青将棺材盖推开，看到爷爷躺在棺材里后，顿时睁大了眼睛，彻底呆住了，爷爷真的没了，都没能等到见他最后一面。

这时，谷青看着棺材中的爷爷，感觉他的样子有些奇怪。一般病死的人脸色要么发黄，要么呈现昏暗之色，可爷爷的脸却微微泛红，而且喉咙鼓起，仿佛憋了口气在嗓子里似的。

"有古怪！"

灵棚里点的都是蜡烛，烛火随着微风轻轻摆动，光芒时明时暗。谷青想要看清楚一些，便弯腰探下身，可这时大伯谷江又来捣乱，恶狠狠地把他拉到一边说："谷青，你爷爷已经去世了，我知道你心里不好受，但也别老打扰他老人家的遗体啊！"

谷江一边说着，一边让人把棺材盖盖上。

谷青觉得大伯很奇怪，就盯着他的脸看，可惜从他的表情看不出什么来。

尽管如此，他还是更加肯定了爷爷的死有古怪，要不然大伯为什么不让他看？会不会是在隐瞒什么？

谷青没有跟谷江争辩。他是晚辈，谷江是爷爷的长子，丧礼的事都是谷江说了算，这种事情找父亲来调和一下可能会更好。想到这里，他转身问小姑："我爸呢？"谷小美说他父亲闹肚子，去厕所了。

"青子，你回来了。"

正想着要不要去找一下父亲，父亲谷宏就从厕所的方向走了过来。

一看到儿子，谷宏的眼眶就湿润了。失去父亲的痛苦让这个平时坚强的中年汉子如同丢失了糖果的小孩儿一般，趴在谷青的肩膀上号啕大哭。

“爸……”

看到父亲如此，谷青终于从探案的状态中回过神儿，想到一向疼爱自己的爷爷不在了，他悲从中来，声音都哽咽了。

他顾不得谈爷爷的事情，不断地安慰着父亲，好不容易让父亲止了哭，却发现自己脸上也已经满是泪水。

周围的人被他们俩悲伤的情绪感染，有不少人在默默抹泪，许是想到了谷岩的好。

“老三，青子一路奔波挺累的，你先带他回去休息吧，这里有我和小德盯着就行。大家也都散了吧，明天早上四点再在这里集合。”谷江难得慈眉善目地说道。

此时已经是晚上八点半，守灵从九点正式开始。

后堂村有规矩，守灵只能由长子长孙来守，长子长孙不在，才能由他人接替。

小德是谷江的儿子，比谷青大了四岁，已经结婚生子了。谷江让大家早上四点集合，也就是说四点就要给爷爷出殡了。

“爸，我感觉爷爷的死有些不对劲，若是我没猜错的话，可能跟大伯有关系。”见谷江要赶人，谷青皱着眉头小声对父亲说。

谷宏听谷青这么说，脸上顿时现出一丝惊色，示意他先闭嘴，又看了一眼谷江，拉着谷青就往外走。

进了自家门，把里外门都关死后，谷宏才对谷青说道：“青子，你可不能乱说话，刚才的话要是让你大伯听见了，你知道会有什么后果吗？”

在后堂村，每个姓氏都有一个领头人，这个领头人在家族里拥有绝对的话语权。以前谷家的领头人是谷岩，现在他不在了，自然是由谷江来接替。刚才那番话要是让谷江听到，他能饶得了谷青？

诬陷新的领头人杀害父亲，这是大不敬的事，如果不能坐实罪名，他们父子俩被赶出村子都是轻的。

“爸，我这不是瞎猜。你难道没发现什么不对劲吗？爷爷得的是肝硬化腹水，如果是因病死亡，他的脸色不会呈潮红色，还有，他的腹部也应该是肿胀的。很明显，这些症状跟爷爷的情况都不相符。”

刑侦专业需要掌握的知识是警校所有专业里最多的，他们不光要有对案情的分析和推敲能力，也要了解人体的构造，一个好刑警所掌握的人体知识绝对不会比法医少。

刚刚谷青虽然只是大致地看了一下爷爷的尸体，却掌握了很多信息，再加上谷江那蛮不讲理的阻拦，他相信爷爷的死一定不简单。

“除了这些，你还有别的证据证明爷爷不是病死的吗？”谷宏盯着他问。

谷青摇头说：“这只是我初步的推测，想要更多证据的话，必须做尸检。爷爷是病死的还是被害死的，只要一做尸检，就什么都明白了。”

“青子，你觉得咱家人会同意你那么干吗？咱们这里的规矩你又不是不懂，这儿讲究的就是人死要留全尸，才能入土为安。你把你爷爷剖开了，且不说能不能查出结果来，就算能证明你爷爷是被人害死的，你叔伯姑姑们也不会同意。说得不敬点儿，你爷爷都那么大岁数了，身体又不太好，本就活不了几年。他虽然走得突然，但既然已经去了，还不如踏踏实实地下葬了，还能投个好胎。再说了，你大伯为什么要害你爷爷？哪有儿子会害死自己父亲的？”

谷宏的话让谷青很纠结。

这事确实挺麻烦的，但他对父亲说的儿子不会害父亲的说法不敢苟同，因为他看过无数案例，这种事虽然少见，但并不是没有。

他现在基本确定爷爷不是正常死亡，那这事就必须有个结果，不能让爷爷走得这么不明不白的。

可面对村子里的规矩，谷青又犯难了。

这事无论如何都要经过大伯的同意，要不然什么都做不了。可大伯会同意吗？单看他白天的反应就知道他是什么样的人，况且，如果这事真的跟他有关，他更不可能答应。

父亲睡下后，谷青坐在院里的躺椅上，点燃一支烟，闭上眼睛轻轻晃动躺椅，大脑飞快运转着。

事情一定要查，既然无法征得大伯的同意，那就暗中查探吧！

谷青睁开眼，猛然从躺椅上站起，径直出了大门，朝大伯家走去。

灵棚里的蜡烛依旧亮着，却不见守灵的人，谷青心中纳闷儿，大伯和堂哥去干吗了？怎么会不守灵呢？

不过这正是查看爷爷尸体的好机会。谷青快步走进灵棚，然后便去推棺材盖，可让他气愤的是，棺材盖竟然被封死了。

所谓的封棺也就是钉上了棺材钉，除非有专门的工具，不然根本无法取出那约二十厘米长的钉子。

正常的封棺都是到了棺材坑，在下葬的前一刻才能进行的，而爷爷的棺材现在就被封上了，很明显是有人不想让人再看里面的尸体。谷青更加笃定爷爷的死不正常了。

“青子，你怎么来了？”

忽然，谷德的身影出现在灵棚外面。

谷青死死地盯着他，问道：“为什么爷爷的棺材封死了？”

“啊？爷爷的棺材封死了？”谷德脸上现出震惊之色，急忙走到棺材前，用手抬了抬棺材盖，随后低头在棺材上摸索查看，露出迷茫之色，喃喃说道：“怎么会这样？”

谷德的样子不像是装出来的，他好像真不知道棺材为什么会被封住。

谷青对这个堂哥比较了解，他是个实诚人，不善于掩饰。但守灵的是他，他竟然不知道棺材被封了，这有点儿说不过去。

可能是从谷青脸上看出了不信任，谷德忙解释道：“青子，我真不知道爷爷的棺材为什么被封住了，这事不是我和我爸做的，刚才我们在屋子里……看东西，都没注意到有没有人来过。棺材是下葬前才能封的，这道理我们又不是不懂，哪能现在就封，那不是给人机会说咱们家闲话吗？”

谷青心想着，确实是这么个道理，他们没理由这么干。

农村人最怕人说闲话了，一件事能被谈论好几年。

可这棺材如果不是他们父子封的，又会是谁？封棺的目的又是什么？真像他之前猜测的那样，是为了避免尸体被检查吗？

这时谷江也进了灵棚，看到谷青，他脸上有些不好看，略带狐疑。

“爸，爷爷的棺材让人封住了，不知道是什么人干的。”谷德苦着脸跟他说。

谷江一愣，快速过来查看，很快又跑出灵棚四处张望，好一会儿才返回，愤然说道：“这是谁干的缺德事？这不是要陷害我不孝吗？”

之所以封棺要在下葬的时候才进行，一是要借坟地的风水之势让后人得福，二是怕棺材里的人是假死。

棺材一封，空气就进不去了，如果躺在里面的人是假性死亡，活过来却没有足够的空气供其呼吸的话，那便会被活活憋死，所以提前封棺是大不孝的行径，等同不愿意假性死亡之人活过来。这要是传出去，谷江在村子里就没法儿做人了。

之前谷青还怀疑是他干的，现在想想觉得不可能，因为提前封棺的话，下葬的那一刻谁都瞒不了。

“爸，还是先把棺材钉起出来吧。”谷德还算冷静。

谷江点点头，立刻去找起钉锤，将棺材钉全都拔了出来。

既然起出了棺材钉，肯定要查看一下谷岩的尸体，可三个人将棺材盖挪开之后全都傻眼了，因为棺材里什么都没有，别说尸体，连苍蝇都没有一只。

“这……这……”谷江指着棺材，全身发抖，显然是吓着了。

谷德也是一样。只有谷青还算冷静。他先是绕着棺材走了一圈，然后拿了一根蜡烛，仔细地查看棺材内部。

他想要确认一下爷爷是自己活过来的，还是有人将他的尸体转移走了。

棺材内并没有留下什么线索，除了少量的毛发之外没有其他东西了。

从谷岩的身体状况分析，他自己走出棺材的可能性很小，因为就算是假性死亡，他活过来也没有那么大的力气从里面将棺材盖推开。

为了体现孝心，谷江买的棺材十分厚重，棺材盖的分量也不轻。一个病重的老人根本无法轻易推开，而且还要在不惊动两个守灵人的情况下。

灵棚离屋子只有几米远，这个时间很安静，若是有人挪动棺材盖，谷江父子绝对可以听见声响。

“爸，爷爷是不是活了？”谷德冷静下来后脸色凝重地问谷江。

谷江摇头说：“不知道。”

谷青留意了一下他的表情，没看出什么来。

“爷爷是不是生咱们的气了？”

谷德突如其来的一句话让谷青听得一愣，谷江冲他一瞪眼，他立刻噤声。

谷青觉得这话里头似有深意，可一时间又想不通。很快他又觉得是自己多疑了，摇摇头跟谷德说：“爷爷活没活我不清楚，但可以肯定爷爷是被人转移走的。”

谷青觉得，谷岩就算真活过来了，也没理由离开自己家，更不会封棺，除非是被人搬走的。

如果有人想阻止其他人检查尸体，偷偷钉上棺材盖就做到了，为什么要把尸体偷走呢？难道那人预料到下葬前封棺会被发现，所以才转移尸体？既然如此，又何必多此一举地封棺呢？除了暴露自己，暴露爷爷的死是不正常的，根本没有任何好处啊！

也许是无奈之举，担心不封棺的话，尸体的异常会被发现，所以抱着侥幸心理偷走了尸体。但这样一来，又会担心尸体不见这事被人发现，于是只能把棺材给钉上，期望着想检查尸体的人没有民俗常识，不知道下葬前棺材是不能钉上的，再期待整个下葬的过程都没人发现这一点。

这倒是挺有可能的。

还有个可能就是爷爷真的没死。谷青想到这儿，心里有股按捺不住的欣喜。可如果爷爷真没死，那他去哪儿了？是出于某种原因不想被人知道自己活过来还是身不由己？

谷青想得头都大了，始终厘不清思路，一会儿疑惑，一会儿欣喜，一会儿又难受。

难道爷爷遇到了什么难事，不得已才这么干？

谷青是希望爷爷还活着的，所以才努力地往这个方向想，可等他冷静下来后，想到自己亲手查探过爷爷是真死了，就又一脸颓丧。他现在脑子乱得很，根本想不通这事里头有什么因果关系。

他正烦恼着，突然谷江大声说道："是老二，这事一定是他干的！"

谷青知道大伯跟二伯一向不和，还曾动过手，出了这种事，大伯会想到二伯一点儿不奇怪。

谷青没有理他，暂时放弃思考，蹲下身子，举着蜡烛开始仔细查看棺材的周围。看了几眼，谷青的目光便被几个脚印吸引了，眉头舒展开来。

"怎么了？"谷德发现谷青的异样。

谷江见状，忙过来要看。

谷青吓了一跳，伸手一拦，避免了脚印被谷江破坏。

谷江现在是家族的领头人，被一个小辈拿手拦着，顿时表现出不满，谷青说是怕他破坏现场，他才忍住没发作。

谷岩去世后，来探望的人不少，人走路都会留下脚印，可脚印的深浅却因各种原因并不一样。

爷爷虽然病重，却不是很瘦，有一百斤左右。一个人背着个百十斤的人走，踩出来的脚印肯定比别人的深。

当然也有可能是两个人抬走谷岩的，但脚印浅不到哪里去。

很快谷青就排除了这种可能，因为如果是两个人抬的话，一定会有跟谷岩身长相等的脚印。就算后面抬着的人会将前面的脚印踩乱，但现场没有刻意抹除脚印的痕迹，那么总还是会有没被踩乱的脚印出现的，可周围却没有。

顺着那排略微深一些的脚印，谷青向前查探。脚印是朝村子后面去的，那边有一条一米多宽的小河。当谷青跟到小河边的时候，脚印便不见了，过了河也没有发现，想必是对方发现自己留下了线索，所以刻意抹去了。

“青子，怎么样？发现什么了吗？”谷江父子一直跟着谷青，见他停下，谷江急忙问道。

“脚印不见了。”

这时谷江抬起头，目光落在一户人家的大门上，然后龇牙说道：“这事肯定是老二干的，不然怎么会这么巧，脚印到他家附近就没了？我去找他！”

谷家老二名叫谷河，大家都称呼他为谷老二。谷老二育有一女，名叫谷清芳，已经嫁到外村去了。

看谷江气呼呼地朝二伯家冲去，谷青原本想阻拦，但想想却没有说什么。

直觉告诉他这事应该不是二伯干的，那排脚印有误导他的嫌疑，要不然不会那么巧正好在二伯家附近消失。但他又想知道这里面会不会有什么关联。他感觉家里的气氛怪怪的，也许这是个不错的突破口。再说了，大伯早就怀疑二伯了，吵上门是迟早的事，让他们吵吵或许能吵出什么线索也说不定。

谷青跟在谷江的身后，谷德则转身离开，他不想参与长辈之间的斗争。

谷青也没打算参与，他只是想要线索。

“老二，你给我把门打开！”

谷江气呼呼地跑到谷河家门口，扯着嗓子大喊。很快，谷河家里就亮起了灯，而后谷河披着衣服走了出来，脸上的困意与不耐烦非常明显。

“谷江，你不去给爹守灵，大半夜跑我这里鬼叫什么？”

两个人说话都不客气，空气中火药味极浓。

谷江冷哼一声说：“少装蒜，说，你把咱爹弄到哪儿去了？还不交出来！”

隔着门槛，谷江的手指都快戳到谷河的鼻子上了。谷河先是一愣，然后死死盯着谷江说：“你把咱爹给弄丢了？”

弄丢遗体可不是小事，若是传出去，谷江就没法儿做人了。

谷河说话的声音很大，刚刚谷江还理直气壮的，可被谷河这样一喊，他就有些灰了。

“什么叫我弄丢了，明明是你偷了咱爹的遗体，然后又封了棺，想要污蔑我是不孝子。”

事情发展到这一步，谷江只能把所有的责任都往谷河的身上推。但谷河可一点儿都不傻，他冷笑了几声，说道：“谷江，你把爹给弄丢了，却跑到我家来诬赖我，世界上哪有这种道理？等我把邻居们都喊出来，让他们给说道说道。”

说完，谷河便开始喊左邻右舍。

谷江哪想到谷河会来这一手？这种事算家丑，他没想到谷河一点儿不介意外传。他心里着急，却无法阻止谷河。虽然天色已晚，好多邻居都睡下了。但谷河一直嚷嚷，倒也叫醒了几户。

谷河迈步出了大门，冷眼看着谷老大，然后对那些邻居说道：“大家伙儿给评评理，我爹去世，我这个大哥作为长子守灵，却把我爹的遗体给弄丢了，现在还跑到我家来诬赖我，世界上有这种道理吗？”

那几个邻居听了谷河的话，立刻开始窃窃私语，不时偷瞄谷江。

谷江气得浑身发抖，指着谷河大骂：“谷老二，你真不是个东西，偷了咱爹的遗体诬赖我，你不就是想做谷家的领头人，还想得到咱爹留下来的东西吗？我跟你说，你想都别想！”

“放屁！你说我偷了咱爹的遗体，你看见了还是怎么的？如果你一直都守在咱爹身边，他会丢？”

两个人吵得不可开交，而谷青则从他们的话语中捕捉到了什么。

按照谷江所说，谷河想要当谷家的领头人，而且还涉及爷爷留下来的东西，那么他便有了作案动机。

“爹……”

忽然谷江停止了吵闹，眼睛直勾勾地看着谷河身后，一脸惊悚的表情。

谷河狐疑地转过了头，随即便吓得惊叫出声，瘫倒在地。

“爷爷！？”

谷青也叫了一声，脸上惊骇的表情丝毫不比谷江少。

原来，一个人出现在了谷河家房子的侧面，站在阴影里，虽然看不太清楚样貌，但从体态和站姿上不难认出，那正是谷岩。

围观的村民在看到谷岩后有一瞬间的静谧，仿佛空气被吸紧了，人都定格了，然后猛地有人爆出一声扯破嗓子的大喊：“诈尸了！”人群顿时作鸟兽散，跑得快的一溜烟就不见影了，有人脚软跌倒在地上，就连滚带爬地逃跑，只恨爹娘没给自己多生两只脚。

人都跑空了，现场只剩下谷江、谷河跟谷青三个人没动弹。谷江、谷河是脚软跑不动，谷青却是害怕过后产生了怀疑。他的胆大是源于对科学的信任，于是他死死地盯着那个疑似谷岩的身影。

他以为“谷岩”既然现身，就一定会出来跟他们会面，谁知那疑似谷岩的身影开始缓缓后退，隐入了黑暗之中。

谷青愣了下，很快便朝人影所站的地方跑了过去，想要弄清楚那个人到底是不是爷爷。可等他跑到房子侧面的时候，那里已经没有了人迹。

谷青查看了一下四周，居然一点儿痕迹都没有，那人仿佛从来都没出现过。

谷河家房子的侧面有面土墙，刚才那道人影如果要离开的话，一定会从这里跳出去，但土墙上什么都没有留下。谷青又蹲下身子查看地面，可地面上除了他自己的就没有任何人的脚印了。

“难道真的是爷爷的鬼魂？”

他脑海里再次升起这个疑问，不过很快就否定了，他不相信这个世界上有鬼，一定是对方使用了什么方法将痕迹给抹去了。

而且谷青也可以肯定，那个人不是他爷爷，可他实在是搞不懂，对方为什么要冒充他爷爷出现在这里？

谷青有一种很不好的预感，爷爷的死可能是某人为达到某种目的而制造的，或许爷爷只是一个无关紧要的牺牲品。

没有收获，谷青只好转身返回。

谷江和谷河这两兄弟都还瘫软在地，谷江还好一些，谷河吓得差点儿背过气去，他老婆马慧娟正抱着他给他顺气，谷青都没注意到马慧娟是什么时候出来的。

“二伯，你很怕爷爷吗？”

俗话讲，不做亏心事，不怕鬼叫门，即便刚才出现的是爷爷的灵魂，谷河也没必要怕成这样，毕竟那是他父亲。

“青子，你二伯都已经这样了，你就别再提你爷爷了。”

马慧娟一脸不高兴，不光是因为谷江大半夜跑到她家来闹，也因为谷青刚才那句话。

谷青没再说什么，将谷江扶起，正要搀他离开，却被推开了。

“谷河，你现在还有什么说的，咱爹都出现在你家了，这事情一定是你搞的鬼！我限你在凌晨三点之前把咱爹给送回来，要不然你知道后果。”

谷江放下狠话才挪步离开。不过，经过刚才一吓，他也有些腿脚无力，谷青赶忙去扶。

“你……”身后传来谷河的声音，却没了下文，只能听到粗重的呼吸声，谷青回头看见他伸手指着谷江，气得浑身发抖。

“大伯，这事真的是二伯做的吗？”回大伯家的路上，谷青试探地问道。

谷江冷哼一声，说除了他没别人了。谷青又问二伯觊觎的东西到底是什么，谷江的神色却有些躲闪，直说没什么。

谷青想起之前谷德提到的和谷江一起看的“东西”，但谷江不说，谷青自然不好过多询问。现在最重要的是先找到爷爷的尸体，到时候，或许一切谜题就都能解开了。

将谷江送到家门口，谷青也转身回了自己家。

此时已经是夜里十一点了，赶了一下午的路，晚上又折腾了这么久，谷青也累了。

“青子，你这是去哪儿了？”

刚进家门，谷青便看到父亲披着衣裳走出房门，看样子是要去厕所。

“爸，我问你件事，爷爷是不是留下了什么值钱的东西？”

谷江不愿回答他，他只能询问父亲，父亲一定不会隐瞒自己。

“嗯，是有件东西，不过我没见过，好像是一个宋朝的瓶子，叫什么听风瓶，据说能值不少钱。你问这个干吗？”谷宏有些疑惑地看着谷青。

谷青摇头说没什么，只是听到大伯和二伯提起这事，所以随便问问。谷宏点了点头，转身出门。

谷青并没有将爷爷的尸体失踪的事情告诉父亲，如果说了，恐怕父亲立马就得跑去大伯家，那今晚谁也休息不成了。

失去父亲的痛苦已经让谷宏变得很脆弱，谷青只想让他能安稳地休息一晚。

躺在床上，谷青回忆着今天的经历，久久都不能入睡。

事情实在是太过匪夷所思了，先是爷爷突然离世，然后发现爷爷的死有古怪，再到尸体失踪，最后一个疑似爷爷的人竟然又出现在二伯家附近。

这一切好像在预示着什么，但谷青怎么也想不明白其中的逻辑。如果爷爷的死有猫腻，也许跟争领头人有关，更可能是因为那只听风瓶。

一个乡下家族的领头人并没什么值得稀罕的，但一只古董瓶就不好说了，如果那只瓶子很值钱的话，杀人动机就很明显了。

那么是不是可以这么假设呢？爷爷手里有一只很值钱的瓶子，并且宣布唯有下一个领头人可以继承瓶子。

要这么说的话，大伯最有杀人嫌疑，因为他是下一代领头人的第一人选。

不对，如果大伯是第一候选人，他就没必要杀人啊，因为只要爷爷死了，那瓶子不就是他的了吗？除非他等不及爷爷死，想快点儿把瓶子拿到手变现。如果是这样的话，他肯定有很强烈的金钱需求才会这么做。那大伯是不是有很强烈的金钱需求呢？他欠人钱了？这个要仔细查一查。

还有一种可能，假如爷爷不准备让领头人继承瓶子，想另外指定人选，他病重时正要立遗嘱，大伯生怕瓶子旁落，就在他发声前把他害死了，方便自己用领头人的身份强行霸占瓶子。如果是这样，就不需要很强烈的金钱需求了，前面的推测作废。

然而，无论哪个推测都对大伯不利，别人杀爷爷根本就没有好处。

他倒愿意所有事都是大伯干的，他也最怀疑大伯，但在事情并不明朗之前不能草率下定论。现在线索还太少，没办法做出最准确的推测，谷青索性放弃了。

迷迷糊糊睡着，还没睡多大一会儿，谷青突然被父亲叫醒了，告诉他已经快到出殡时间，得去送爷爷最后一程了。

尸体都不见了，哪里还能出殡？不过谷青依旧没有跟父亲说，等到了大伯家他自然会知道。

简单地洗漱了一下，谷青便和父亲一块儿来到了大伯家。

此时谷家的子孙们基本都来了，还有亲近的村民、左邻右舍，挤满了院子，正紧锣密鼓地做着出殡前的准备，披麻戴孝，杀猪宰鸡。

一切似乎都在正常进行着，谷青却看出了不一样的气氛。

很多村民在忙碌时不忘交头接耳，窃窃私语，不时看向灵棚里的棺材。

谷青知道，爷爷的尸体不见了的事肯定已经传开了。他跟着父亲去找大伯，正好碰到四叔谷运拉着谷江质问。

谷江气急败坏地说：“老四，我不是跟你说了吗？咱爹是被老二给偷走的，这事青子知道得一清二楚。青子，你快来跟你四叔说说。”

谷运是个暴脾气，年近四十了还没有讨老婆。他转头厉声问道：“青子，这是咋回事？”

听了谷江的话，谷家人的目光全都聚集到了谷青身上，尤其是谷宏，脸上写满了疑问，等待着谷青的回答。

“昨晚我们在二伯家旁边见到了一个人影，很像爷爷。”

谷青很清楚事情的严重性，如果顺着谷江的意思说，那家族里的人非得把他二伯弄出个好歹不可。

再者，他并不能肯定那个人影就是爷爷，在没有确凿的证据之前，谷青当然不会凭自己的猜想乱说。

“原来这事真是老二干的，难怪咱爹前几天还说老二不是个东西，心里除了钱之外就什么都没有了。走，去老二家，问问他到底是怎么回事，要是他不把爹和东西交出来，我就一把火烧了他的房子！”谷运性子直，根本没听出谷青话里头的不确定，竟然直接招呼人去谷河家闹事。

“把东西交出来？听风瓶吧？果然跟那瓶子脱不开关系，看来那瓶子真的很值钱，爷爷的死肯定是因瓶子而起。而瓶子，之前一定是在谷江手里，但目前看来很可能失踪了，要不然四叔不会找二伯要瓶子。”谷青心里想着，正要拦人解释，谷宏却将他拉到了一边问话：“青子，到底是怎么回事？”

谷青眼看着谷家人闹哄哄地出去了，知道情况紧急，便三言两语将之前发生的事跟父亲粗略讲了一遍。他想要追谷运一伙，却被父亲拦住了。

谷宏气呼呼地哼了声说：“你去拦他干吗？就让你四叔闹。身正不怕影子斜，如果事情不是你二伯做的，你四叔不会拿他怎么样。哼！我看这事八成就是你二伯做的，不仅遗体是他偷的，只怕你爷爷也是让他气死的。”

谷宏的情绪有些激动，不过片刻后他叹了口气，跟谷青说道：“咱们还是去看看吧，别真闹出什么事来，毕竟他也姓谷。你四叔那人太冲动了，说不定都没等问出什么来就把人给打坏了。”

这种情况下还能说出这样的话，谷青深感父亲要比其他人有大局观。

等谷宏父子来到谷河家门口的时候，那里已经吵翻了天，谷运正把谷河按在地上打，一边打还一边骂他不是人，竟然这样对自己的父亲，应该被活活打死。

马慧娟疯了似的要阻拦，却被谷家跟来的其他人控制住了。

谷河被打得鼻青脸肿的，想反抗却又打不过身强体壮的谷运，嘴里仍不服输，喋喋不休地嚷嚷着父亲的尸体不是自己偷走的，是谷江故意诬陷他。无奈根本没人信他，谷家的人都破口大骂，全都支持谷运打死他，不过谷运虽然闹得凶，却不敢下死手，他很清楚打死人是要偿命的。

“你们闹够了没有！老四，还不放手？”见到这种状况，谷宏立刻跑过去拉架。

“老四，你先别动手，现在最重要的是找到咱爹，要不然全村都得笑话咱们。二哥，爹是不是你弄走的？如果是的话，你赶紧交出来，别耽误爹下葬的时辰。这是大不孝的事，你可不能再任性。只要你把爹交出来，我们可以既往不咎。”

谷河被打得够呛，鼻血都流出来了，但一听到谷宏的话他便瞪起了双眼，说：“我都说了没偷爹的尸体，你到底要我说几遍才相信？想诬赖我，不就是不想分我那份儿吗？我告诉你们，休想！”

不知道是被打急眼了还是怎么的，谷河有些歇斯底里，两只眼睛都变成了血红色，鼻血抹得满脸都是，看着十分骇人。

谷青皱起眉头，原本他认为爷爷尸体丢失的事情跟二伯无关，毕竟从昨晚的情况看，故意嫁祸的可能性更高，但刚刚他言语之中所表达的意思挺复杂的，好像就算跟他无关也跟他脱不开干系，或者说跟谷家的几个兄弟姐妹都脱不开干系。

那他之前对大伯的猜测就不完全正确，嫌疑人很可能不止大伯一个，一切都是因那只听风瓶而起。

很明显那个听风瓶能值不少钱，至少比他最初想象的要值钱得多，要不然也不会引起这么大的争端。那么瓶子到底在哪儿？二伯并不承认瓶子在他手里，那是被谁拿走了？

尽管如此，也不妨碍他怀疑谷河。

对于这个二伯，谷青还是有些了解的，正如四叔所说，二伯的眼中除了钱就什么都没有了。之前嫁女儿的时候，彩礼不给到位他都不让新郎接人。而且他是临时反悔的，之前男方已经给了一笔钱，可当新郎上门的时候他又要了一笔，把新郎气得差点儿转头就走。还好新郎的父母没跟他计较，给了钱将新娘接走了。

这事不大，却能看出谷河嗜钱如命的嘴脸，在他心里，钱大于一切，包括亲情。换句话说，为了钱他可能什么事都做得出来，或许爷爷的死还有尸体和听风瓶的丢失真的和他有关。他现在即便被打也矢口否认，不排除是在演戏。

尽管是凌晨三点多，谷家人的争吵还是引来了很多村民围观，昨晚曾目睹谷岩现身的人们开始交头接耳，说可能是谷岩含冤而死，回来报仇了。

说得最欢的是一个叫李力的村民。谷青听着纳闷儿，心想着自己并未把爷爷可能是非正常死亡的事说出去，为什么会有人跟他做出同样的猜测？难道李力知道些什么？

他正要找李力问话，谷宏喊了他一声，他答应的工夫，一回头李力就不见了。

他心里暗自嘀咕："含冤而死容易理解，回来报仇又是怎么一回事？找谁报仇？爷爷的鬼魂回来钉棺材板，陷大伯于不孝，被发现后又把自己的尸身弄没了陷害二伯？难道爷爷的死跟大伯二伯都有关系？不科学啊，如果在害死爷爷的事上大伯二伯都参与了，他们为什么又咬起来？不是应该合作隐瞒事实才合理吗？相互指责，激化矛盾，只会惹得其中一人不忿之下说出真相，那对谁都没有好处。但如果只是一人害死爷爷的话，那爷爷为什么会找上两个人？这没道理啊！"

谷青想着想着突然想到自己跑题了，居然真当世界上有鬼，顿时笑起了自己的愚蠢。

这事肯定另有隐情，关键是目前还找不到突破口。

他胡思乱想的工夫，村民们越传越离谱，都说谷岩肯定是被他的儿子们害死的，现在回来报仇了。说到恐怖之处，就跟亲眼所见一样，把自己吓得够呛，有胆小的都开始琢磨起要不要搬离村子暂避了。

鬼神之说在乡野间极其盛行，信众颇多，怪不得他们害怕。

那边议论纷纷，这边仍吵得不可开交。

谷家人早撕破脸了，也顾不上丢人现眼，谷运和谷江带头嚷嚷着要进谷河家搜尸，谷河夫妇拦都拦不住。

谷青眼见势在必行，也掺了一脚进去，他需要寻找线索。可令谷青失望的是，他进谷河家转了一圈，却没有任何发现。

谷家人寻尸未果，便再次围攻谷河。

谷河破罐子破摔，嘴比任何时候都硬，开始一个劲儿地骂谷家其他人，说是他们联合起来藏了尸体，把脏水都泼到他头上。

愤怒的谷运失去了理智，再次疯狂地殴打谷河，这次没再留手，如果不是村主任赶来阻止，恐怕谷河真得被谷运打死。

好不容易把人驱散，谷家的事却在天亮前像瘟疫一样传播开来，沸沸扬扬的，谷岩诈尸的事被传得神乎其神，有人甚至说谷岩已经变成了吃人的僵尸，还吃掉了隔壁村的两个人。

事态的发展已经失控，谷青知道一定要尽快解决，不然人心会更加惶恐。

第二章

人心惶惶

谷运在离开谷河家时放下狠话，限谷河在中午之前把父亲给交出来，不然就要他的命。

没有了谷岩，丧事也办不成了，聚在谷江家的谷家人全都愁眉苦脸，不停地咒骂着谷河，只有谷青还算清醒。

在众人看来，谷河无疑是最大的嫌疑人，抛开爷爷的死因不说，偷尸的嫌疑他是摆脱不掉了，谁让谷岩曾经在他家里出现过。

但谷青知道，这事还不能盖棺定论，一天找不到尸体，就一天不能定谷河的罪。不过，假如真是谷河偷了尸体，那么他会将尸体藏在哪里呢？

谷江以领头人的名义召开了家族会议，不知道想讨论什么，将谷宏父子排除在外。谷青心想，或许是讨论听风瓶的事。

对此谷宏并没有表现出愤怒，谷青也是一样。从他懂事起，除了爷爷和小姑谷小美之外，其余的谷家人都很排斥他们父子。谷青曾问过父亲原因，谷宏说可能是因为谷岩很疼爱他们，所以遭到其他人嫉妒。

时间过得很快，眨眼中午就到了，谷河没有送回谷岩的尸体，或者说他真没有偷，所以送无可送。

谷运又闹起来，但这次被谷江拦住了。

谷宏见事情暂时平息，不愿意待在谷江家听他们说那些自己根本参与不了的事，于是拉着谷青回家了。

午饭后谷宏跟谷青说心里憋得慌，想一个人静静，顺便看看能不能找到父亲被藏的地方，就踱出去寻找线索了。

谷青本来还想问父亲话，现在只好憋回肚子里。他在家里转了几圈，实在待不下去，便在村子里四处转悠，打听爷爷的事情。

这几年他在外面上学，除了逢年过节很少回来，对家中的事情了解不多。父亲已经出去了，问家里其他人肯定问不出多少真话，还是跟村民打听比较靠谱，也许会有意外收获。

他心有所思，特地去找之前传播谣言非常卖力的李力询问。谁知半道就见到李力从一家院墙里翻出来，衣衫不整，鬼鬼祟祟的。谷青喊他的时候他吓了一跳，走过来没好气地问谷青喊他干吗。

谷青看了一眼他翻出来的那户人家的院墙，疑惑地问："力叔，你干吗呢？怎么有门不走去翻墙？"

李力吓得忙做了个噤声的动作，然后尴尬地跟谷青说："我偷个果子吃，你可不能跟人说。"

农民家院里一般都种着果树，谷青看围墙上方伸出来的树枝上果然挂满了果子，红艳艳的惹人眼馋，笑笑表示理解，随即伸出手作势讨要："力叔，果子呢？分我一个。"

李力更尴尬了，笑笑说："吃完了，我吃完才下来的。"说着拍裤兜给谷青看。

谷青不为难他，拉他到一边说起了正事。

"力叔，你跟我说实话，今早我四叔到我二伯家闹事的时候，你为什么跟那些村民说我爷爷是冤死的？又为什么说我爷爷是回来报仇的？”

“我，我说了吗？”李力装糊涂。

谷青盯着他不说话。

李力见瞒不过去了，只好尴尬地笑笑说：“我这不是瞎猜嘛，事情是这样的……”他眼珠子骨碌碌地转，很快说出了他那样猜测的原因。

从李力嘴里，谷青得知爷爷死之前曾经召集谷家的二代人，也就是他父亲那一辈的人，开了个家庭会议。当时有人听到他们家里传来激烈的争吵声，没几天谷岩便去世了。而且，谷岩去世的当天谷家人又发生了一次争吵，但具体是因为什么却没人知道。村民们都猜测谷岩的死可能跟谷家兄弟有关,阴谋论就这样产生了。

这信息对谷青没什么用，他自己也猜到了，还以为李力会有另外的说法，结果还是一样。

他有点儿失望，和李力分开后又在村里转了一下，但一下午都没再打听到其他情况。

谷青回到家的时候天都黑了，谷宏已经做好了饭，却没吃，只是坐在椅子上一边抽烟一边唉声叹气。

谷宏抽的是旱烟，烟袋锅还是爷爷送给他的。谷青对旱烟比较厌烦，一直劝父亲抽过滤嘴那种，谷宏之前听话地改了，可能是因为怀念爷爷，所以才又抽起了旱烟。

“青子，你自己吃吧，我没什么胃口。”见谷青回来，谷宏把烟灭了，默默地回了房间。

虽然知道父亲心里不好受，但这种事情没办法安慰。失去亲人的痛苦谷青很清楚，当初母亲去世的时候别人怎么安慰他都不管用，这个心结得当事人自己解开。

饭后，谷青坐在院子里，望着天上的月亮想事情。他把自己从回来到现在所看到的和听到的都过滤了一遍，可依旧没有推敲出什么有用的东西。

“死人了！死人了……”

外面忽然响起了一阵惊恐的叫声，谷青赶忙冲出大门，看到一个比较壮实的汉子从门口跑过。

“吴三叔，你去哪儿？谁死了？”

那汉子名叫吴贵，外号吴敦实，在家排行老三。

“你二伯，他死在谷仓里了！”

看样子吴敦实是要去告诉村主任，而谷青一听到死者是他二伯，也顾不得告诉父亲，撒腿就往谷仓跑。

后堂村有一个大谷仓，是早年建的，为的是屯粮度灾荒。不过这个年代已经没有灾荒，谷仓也就被遗弃了。

谷青一口气跑到谷仓那里，此时门外已经聚了不下二十人，正议论纷纷，看到他来，那些人主动让出一条路。

谷青从一个人的手中借了火把，走进谷仓内，然后他便看到了吊在房梁上，睁着眼，吐着舌头的谷河。

谷仓门开着，风从门外灌进来，谷河的尸体随风轻轻摇晃，看似还活着，谷青举着火把往上看，仿佛面对的是一个从天而降，欲噬人而食之的恶魔。谷青胆子已经够大了，心里还是有些发毛。

谷河的模样实在太吓人了，村民们都没敢进去，倒是方便了谷青进行现场搜证。他朝周围看了一眼，发现现场没有遭到破坏，更感欣慰。

看着谷河的尸体，谷青眉头紧锁，想着谷河的死因。是自杀吗？

他心里无悲无喜，专注探案。

爷爷死了他会难过，调查时很难完全摒弃个人情绪，谷河的死在他心里却掀不起任何波澜。他跟谷河一点儿感情都没有，虽然叫他一声二伯，但在他心里，谷河跟陌生人并没有什么区别，这反倒能让他冷静地观察和分析。

这谷仓有六米多高，房梁到地面的直线距离起码有五米，谷河的身高也就一米七左右，就算借助绳子缩短了一些距离，谷河也够不着那么高的房梁，如果是自杀，他是怎么把自己挂到上面去的？

谷仓荒废不少年了，里面什么都没有，谷河想要够到那个高度必须借助外力，梯子或者是其他的东西，可现场并没有发现能借力的外物。除非是他杀，有人杀了谷河之后将那些外物转移了。

但现场并没有其他人的踪迹，地面上的脚印也只有两个人的，一组是谷青的，另外一组应该是谷河的。

谷河的死不管是自杀还是他杀都得报警，现场不能动，谷青只是做了初步的勘查，要想仔细地进行现场勘验，需要专业的设备。

片刻之后，村主任唐启田来了。

唐启田今年六十二岁，看到谷河的死状，他吓得连连后退，随即便喊人拿梯子，要把谷河的尸体移下来。

“唐大爷，不能动我二伯的尸体，先报警，交给警察处理吧。”谷青阻止了唐启田。

这时马慧娟闻风赶来了，一看到谷河被吊在房梁上，她顿时身子一软，跌坐在地，捶胸顿足地号啕大哭，哀号着自己命苦云云，闹够了才央求唐启田叫人帮她把谷河放下来。

“老二媳妇，青子说不能放，得报警。”唐启田脸上现出无可奈何的神色。

一听这话，马慧娟立刻扑向谷青，撕扯着他喊道：“谷青，你这是什么意思？不管怎么说那都是你二伯，难道你就这样让他在上面挂着？”

谷青衣服上的纽扣都让她给扯掉了，却不敢生气，好声好气地跟她解释：“二妈，现场需要保护，现在还搞不清楚二伯的死因呢，得交给警察处理。”

马慧娟哪里肯听他解释，她撒起泼来根本不讲道理，扬手就给了谷青一耳光，说他根本就不是想让警察调查谷河的死因，而是刻意报复。

以前谷河没少挤兑谷宏，这是众所周知的，所以马慧娟不相信谷青是想要查清楚谷河的死因。

“这事不会是谷家老爷子干的吧？要不然谷老二怎么会挂得那么高？”这时人群中不知道谁忽然说了一句。

谷青扭头看去，瞧见李力迅速地钻到了人群后面。

又是这个搅屎棍，谷青拿他没办法。

见村民们纷纷点头接纳了谷岩回来报仇的说法，正在撕扯谷青的马慧娟浑身一颤，拉着谷青衣领的手便松开了，脸上现出惊恐的神色。

“二妈，二伯和爷爷之间是不是有什么事？”见马慧娟的脸上露出这种表情，谷青感觉其中有事，便开口询问。

他一问马慧娟就慌了，连连摇头，说什么事都没有，然后竟丢下谷河的尸体不管，跑出了谷仓，挤出人群消失不见了。

任谁都能看出来这其中有事情，但谷青没办法去追，因为他得保护现场。

后堂村只有村委会有一部座机，报警的事情自然由唐启田来做。

将近午夜，警察才赶到村子里。

来的不仅有镇上派出所的人员，还有市分局刑侦支队副支队长张志东和一干刑警，原来唐启田打电话报警时一直慌乱地说什么“冤魂索命”，接警员便通知了刑侦部门。其中一个随队的女警让谷青瞧着一愣，她对着谷青一声冷哼，扭头进了谷仓。

谷青看着那女警的背影发愣，张志东拍了他肩膀一下他才缓过神儿。

张志东跟他是老熟人了，他们是同一个教官的学生，经常在教官家里碰面，一直以来谷青都喊他师兄。

“青子，你感觉你二伯是自杀还是他杀？”

叮嘱手下的人要仔细勘查现场后，张志东掏出烟来，跟谷青走到谷仓外面。

警戒线已经拉上了，围观的人大多都散了，只有几个爱看热闹的村民还聚在远处窃窃私语。

“他杀。”

这个很容易分析，如果谷河是自杀的，那他在不借助工具的情况下没办法把自己吊上去，可现场却没有能让他借力的东西。

“未必，或许是自杀，只不过是有人帮他而已。”

将烟点燃，张志东深深地吸了一口，转头朝谷仓内看去。

他的分析不是完全没有道理，可能是谷河想自杀，找人把他吊到了那个高度，然后那个帮忙的人再将工具转移走。

但谁会帮这种忙？正常人碰上这种事，阻止都来不及。况且还懂得不留证据。如果真如张志东的分析，那个帮忙的人可不一般。

谷青对张志东的想法不敢苟同，把自己所知的相关情况告诉了他，坚持认为谷河是被他人所害。

他想不到谷河寻死的理由，尽管被很多人认为害死父亲并偷走尸体，但谷河不是那种会想不开的人。他还惦记着分财产呢，怎么可能自杀，放弃继承权？

张志东点点头，没有跟谷青争辩，只说等勘查结果出来再说。

警察们在谷仓里忙活了一个多小时才出来，由那女警汇报，说他们采集到了一些指纹，还有些毛屑和皮肤组织。

既然勘查完成，就可以将尸体放下来了，谷青去寻了两个长梯，四名警察将谷河的尸体放了下来。

“师兄，你没带法医来？”

“市局本来就没几个法医，今天不是去出别的现场了就是病了。反正咱俩也会，先自己来吧，初检总没问题的。”

说完，张志东从身上拿出手套递给谷青一副，示意谷青跟着他，两个人一块儿走到谷河的尸体前，开始初检。

“尸体面部和身体无明显伤痕，指甲内没有明显的纤维和皮肤组织，衣服完整，无挣扎迹象，脖子上的勒痕有十三厘米，深入皮肤。死者脸色微红，舌尖上翘，略微伸长，有窒息死亡的明显特征。下膝两侧有尸斑出现，从尸斑的扩散程度看，死者的死亡时间在六小时到八小时。绳子长度为七十五厘米左右，粗度直径约两厘米，绳子上无其他痕迹。绳子两头整齐，切口较新，貌似用利器从长绳子上割下来这么一截。”

初步检查完成，谷青和张志东站起身。从初步结果来看，谷河自杀的迹象很明显。难道真的像张志东说的那样，有人帮忙？

谷青摇了摇头，还是感觉谷河的死不是自杀。张志东不了解谷河，谷青对他可是一点儿都不陌生。

谷河是个十分珍惜自己生命的人，受点儿小伤都会大惊小怪，根本不可能因为受点儿委屈就自杀。更何况，如果要自杀，凌晨被狠揍一顿后就应该自杀了，又怎么会忍到下午，还特地跑到没多少人经过的谷仓？

此时接近晚上十点，谷河的死亡时间应该是在下午两点到四点之间，那时候谷青正在村子里打听谷家的事情，完全不知道谷仓这里发生了命案。

这时，一直站在两人旁边欲言又止的女警终于忍不住了，插嘴噎了谷青一句：“你那都是推测。谁说珍惜生命的人就不会自杀了？谁说人受了委屈就要当场自杀？就不许人家事过之后想了又想，越想越想不通，然后自杀？现在一切证据都表明他是自杀的，我同意张队的判断，死者就是自杀的，而且肯定有人帮忙。”

谷青就知道她会找自己麻烦，叹了口气说：“孙迪，我也没说我二伯肯定就是被人杀的呀，我那是推测，那种可能性还是有的吧？”

这个叫孙迪的女警是谷青在警校的同届同学，跟谷青同为警校的优秀学员，如今都在警队实习。两人素有警校“金童玉女”的美称，私下里却是谁都不服谁。

孙迪人长得漂亮，身材也好，却是个不折不扣的“女汉子”，曾经在警校格斗大赛上打败过很多男学员，最后败在谷青的手下，这是她跟谷青结下梁子的起因。

后来她加入警校案件委员会，刑侦能力非常出色的她又被谷青压了一头，跟谷青越来越不对付，每次交流案情的时候总跟谷青对着干。

谷青没有跟她争的意思，他觉得，男子汉大丈夫，没必要跟女人斤斤计较，这反倒更惹恼了孙迪。

其实私底下他挺佩服孙迪的。孙迪有过一次非常辉煌的战绩，就是在一个商场勇斗三名持刀歹徒，她在身受重伤的情况下将那三名歹徒给制服了，硬撑着等警察到场接管现场。

谷青想不明白孙迪为什么会跟张志东来办案，她明明在另一组实习。不过他倒是知道她和自己一样，跟张志东关系很好。

张志东是明白人，一见他们那样，忙做和事佬说：“你们俩别吵了，具体情况等尸检报告出来不就清楚了？行了，谷青，你二伯的尸体我就带走了，等有消息了我会往你们村子打电话。”

在谷青的肩膀上拍了拍，张志东便让人抬来担架，将谷河的尸体带走。

孙迪临走前还不服气，给谷青甩脸色说：“冷血动物，自己二伯死了都跟个没事人一样。”

谷青无语。

二伯的死对他冲击不大，爷爷死了他倒是挺难过的，但家里出了这么多事，他哪有时间难过？更何况人死不能复生，要是哭对事情有帮助的话，他倒是愿意哭。

他不否认自己是个过分理智的人，但在现在这种情况下，理智不是最有用的吗？

在等验尸结果的两天里，谷家连死两人的事发酵得更加厉害了，村中到处都传着谷岩变成僵尸回来报仇杀死谷河的事。

因为谷河的死状太过诡异，大家都认定了他是被谷岩杀死的。起初村民们都说谷岩变成了僵尸，后来有人认为他是变成了恶鬼，可以在空中飞来飞去，所以才能把谷河吊到那么高的地方去。

农村人对这种事情向来都是笃信的，尤其是先有谷岩尸体失踪后突然闪现的事，谷河离奇的死亡便显得更像灵异事件。

可谷青不相信这些，他坚信谷河是被人所害，只是不知道对方用了什么手法把谷河吊到了五米高的房梁上，再了无痕迹地撤离。

他这两天都在谷仓转悠，始终找不到半点儿证据，胆小的村民还以为他让鬼迷住了。

第三天，张志东终于打来了电话，说尸检结果证明谷河是自杀，现场所提取的指纹全都是他一个人的，那些皮屑和纤维也都属于他，没有其他人到过现场。

张志东还让谷青通知谷河的家属去领尸体，如果不领的话，他们会将尸体送到殡仪馆火化，当然费用还是得死者的家属来出。

挂掉电话之后，谷青心头的疑惑还是没有消除。之前已经分析过了，一个那么怕死的人怎么会无故自杀？而且还弄出如此诡异的景象，生怕别人不乱想吗？再说，就算谷河是自杀的，也犯不着那么麻烦地把自己吊到那么高的地方去，还找人帮忙，那不是没事找事吗？

很显然，这是有人故意做出来的假象，想误导村民往鬼魂的方向想。

找不到他杀的证据，警方只能以自杀结案，可谷青不甘心。既然尸体本身查不出什么，那就只有去寻找谷河被杀的原因了。

谷青想，二妈马慧娟一定知道些什么，不然那天她不会露出那样的表情。刚好要通知她去领二伯的尸体，想到这里，谷青立刻赶往谷河家。

这几天村子里人心惶惶，尤其是曾经得罪过谷岩的人，吓得连家门都不敢出，胆小的都暂时搬走了，生怕谷岩会找上他们。

谷家的人也因为谷河的死老实了许多。他们也认为这件事是谷岩做的，已经基本放弃寻找他的尸体，连听风瓶的事都不提了。只有谷宏还在坚持，每天四处搜寻。

到了谷河家，谷青发现大门没有关，屋里的门也开着，静悄悄、阴森森的，气氛有点儿诡异。

谷青迈步而入，见到马慧娟正跪在地上不断磕头，嘴里喃喃自语，脸上尽是惶恐，一副六神无主的模样，有人进来都不知道。

她面前摆了个香案，上面放着两张照片，一张是谷河的，另一张则是谷岩的。照片前面摆了两个香炉，里面燃着香，香案之下还有两个火盆，里面是正在燃烧的冥币。

“二妈……”

谷青轻轻地叫了马慧娟一声，马慧娟顿时一个激灵跌倒在地，一副想要尖叫却哽在喉咙的模样，等看清来人是谷青才拍着胸口镇定下来，突然又崩溃了，一下子扑到谷青面前，抱着谷青的腿号啕大哭。

“青子，二妈知道错了，求求你跟你爷爷说一声，让他放过我，二妈求求你了！”马慧娟一边说着一边给谷青磕头。

谷青听着一震，心知有戏，急忙扶她坐下，问道：“二妈，你告诉我，二伯和爷爷之间到底发生了什么事？”

“没……没什么。”马慧娟目光闪躲。

都这时候了还隐瞒，谷青叹口气说：“二妈，你让我跟爷爷求情，总得告诉我到底发生了什么吧，不然爷爷凭什么放过你？”

事到如今谷青也没有他法，只能将爷爷搬出来吓唬马慧娟。

马慧娟一听谷青提到谷岩，身子便开始颤抖，哆哆嗦嗦地犹豫了好半天，才下定决心，看了看谷青，说道：“都怪我和你二伯贪心，所以才跟你爷爷吵了一架。其实你二伯没想跟你爷爷动手，是你爷爷说不会将财产分给他，他才打了你爷爷。”

果然还是因为那个听风瓶。马慧娟说那个东西很值钱，起码能卖上百万元。对于后堂村这些人来说，上百万元无疑是个天文数字，任谁都会动心。

谷岩三个月前才告知儿女听风瓶的存在，当时他想到自己年纪大了，说不定哪天就突然没了，所以把孩子们喊过来，想立个遗嘱，免得死后孩子们吵闹。

按照谷岩的意思，这瓶子卖了之后的钱要均分给每一家，但谷江不同意，毕竟谷岩一直住在他家，等于是他在独立赡养父亲，所以他觉得自己应该拿大头。

谷江这一说谷河就不同意了，他说父亲住在谷江家，不过是按照农村人的惯例，分家后由老大照顾父亲。可实际上，他们几人都尽了做儿女的责任，虽然父亲不住在他们家，但平时需要用钱或是有什么事，他们都尽心尽力。谷江要这么说的话，那他现在把父亲接去他家住，是不是就可以分多一点儿呢？

老四谷运一听谷河那么说，顿时也不乐意了，说自己还没讨媳妇，需要用钱的地方多，他也能把父亲接到家里养，也想分多点儿。大女儿谷小华自然不甘示弱，表示女儿更会照顾人，自己才是赡养父亲的最佳人选。

只有谷宏和谷小美不吱声，任由他们吵闹。

实际上，谷岩并没有靠哪个孩子养活。他岁数虽然不小了，但照样能耕地种田，并不需要谁来照顾，也没有什么需要用钱的地方，而且他自己还有点儿存款，从没拿过哪个孩子一分钱。住大儿子家，一来是农村惯例，二来是谷江家算得上四世同堂，老人嘛，总想图个热闹，享受一下天伦之乐。

谷河、谷运和谷小华的提议遭到了谷江的强烈反对，就连谷岩也不同意，说在谷江家住惯了，谁家都不去。

最后争来争去也没个结果，家庭会议就在这种并不和谐的气氛中草草结束了，遗嘱也没立成。

可这事没完。

自从知道父亲有个那么值钱的瓶子以后，谷河跟马慧娟就打起了坏心思，想将听风瓶给偷出来卖掉，于是活也不干了，整天在谷江家周围蹲点。一段时间后，二人终于找到了机会。

谷江的老婆死得早，跟谷青的母亲去世的时间差不多，所以家里一共就是父亲加他，还有谷德跟老婆孩子这五口人。

那天家里的男丁都下地干活去了，谷德的媳妇玉凤抱着孩子去别家串门，屋子就空了，谷河两口子毫无顾忌地溜进谷岩的房间寻找听风瓶，差点儿把整个屋子都掀了。

谁知计划赶不上变化，谷岩忽然回来了，看到谷河两口子在他屋里乱翻，立马就明白他们想干什么了，大骂谷河不是东西，竟然干出这种事。

谷河见事情败露，脸都不要了，跟父亲对骂，说他偏心，一定是想要多分钱给其他人，少分给他，所以才不肯去他那里住。

人一旦起了歪心思就十分不讲理，当时的谷河就是如此。谷岩被气得够呛，抬手就打了谷河一耳光。

谷河被打后恼羞成怒，更加笃定老爷子偏心，想要少分钱给他。念及此，他竟然还了手，把谷岩推倒在地，还踹了几脚。

当时马慧娟也很气愤，帮着谷河一块儿打谷岩。所幸谷河还记得老爷子是他亲爹，怕自己的畜生行径被人发现，会被其他兄弟打不说，以后也没办法在村子里立足，所以出了口气后，他拦住马慧娟，两个人逃了出去。

原以为其他的兄弟姐妹会很快上门找他算账，但等了好几天都没动静，他们这才放心。很明显，谷岩并没有把这件事说出去。

为了钱，谷河两口子连这种没人性的事情都做得出来，难怪马慧娟会吓成这样，她是怕谷岩来找她索命。

在马慧娟的心里，谷河那诡异的死法肯定是老爷子造成的，除了鬼怪，谁能让谷河吊在那么高的地方？

“二妈，我来你家是要通知你，二伯的尸检报告已经出来了，是自杀，公安局让你去领尸体。行了，我走了。”

想知道的都问出来了，对于这种人，谷青真不愿意跟她多说什么，铁青着脸转身离去。

走到门外，谷青抬头望天，感觉心里好像被什么东西给堵住了，憋得难受。

有这种家人真是悲哀，爷爷当时不知道有多难过，养了几十年的儿子，竟然伙同媳妇对他下那么狠的手，他当时死的心都有了吧。

还有大伯、四叔和五姑，都不是什么省油的灯，为了分家产，一家人闹得跟仇人一样。

爷爷当时选择隐瞒二伯打他的事，一定是还念着父子之情，大概还抱着能挽回儿子良知的心思。可惜他最后还是死了，就是不知道是不是二伯干的。

一阵凉风吹过，谷青的脑子清醒了许多，他摸摸脸，眼睛竟然湿润了。

自己还是出现过于情绪化的问题了，这不利于查清事实，只有站在旁观者的角度，才能看清楚事情的来龙去脉。谷青摇摇头，将悲伤收了起来。

谷河的死不可能是爷爷干的，这一点谷青很清楚，既然不是爷爷，那么会是谁呢？

仔细地想了想，谷青渐渐有了些头绪。谷河因为利益而殴打爷爷，就算这不是爷爷的死因，恐怕也脱不开干系。而谷河这个人虽然无赖又贪婪，但他的所作所为里能引起杀机的还是这件事。可能是当时有人看到了，气不过谷河的大逆不道，才有了今天的凶案。爷爷如果没死，可能还没有今天的事。爷爷死了，那人就跳出来给爷爷出气。

可到底是谁这么有正义感呢？大伯？

不可能。大伯只关心怎么样才能多分点儿家产，爷爷死不死、怎么死的他不在乎，而且爷爷死了对他是有好处的，那样他就可以做家族领头人，主导分家产的事。所以，大伯是杀爷爷的嫌疑人，却不是杀二伯的嫌疑人，因为二伯死不死对他影响不大，他已经是领头人，二伯再怎么闹也没办法威胁他的地位。除非爷爷真是大伯杀死的，而他又有把柄落在了二伯手里。

这倒是个思路，保留吧，不过可能性还是比较低。

现在假设杀死二伯的是四叔。他很快又否定了自己的推测，财产的分配权掌握在大伯手里，他杀二伯对自己也没什么好处，只能给爷爷出口气，却抢不到任何财产，但四叔不是那种有孝心的人。

谷青推测到这里才想到自己前面的想法有些多余。既然假设的前提是为爷爷报仇杀人，那凶手肯定是跟爷爷关系好的人。如果这么说的话，目标就明确了，除了父亲谷宏，就属小姑和他跟爷爷最亲了。

自己肯定不是凶手，父亲的话……谷青觉得还真有可能，只是父亲性子懦弱，老实巴交的，这么多年来一直被兄弟们排挤，有时候谷青都忍不下去了，他也只是笑笑说算了，都是一家人。杀人这种事，父亲只怕干不出来。小姑就更不可能了，她没有那个体力吊起二伯。这个凶手非常聪明，父亲跟小姑都不具备那样的智慧。

不过小姑自己不可能，会不会让小姑父动手呢？谷青又摇了摇头。小姑父名叫梁子栋，今年刚三十三岁，他十八岁参军，二十三岁退伍，在部队待了整整五年，结婚后在就在后堂村住了下来，一住就是十年。小姑和小姑父是怎么走到一起的，一直是谷家的一个谜。小姑父虽然做了谷家的上门女婿，但对谷家人很淡漠，即便逢年过节也很少和小姑一起串门，搞得小姑这些年一直很尴尬。谷家人对他也怵得很，偶尔见了面，基本打过招呼后就当彼此是空气。他连为了小姑对谷家人客气一点儿都做不到，更不可能帮小姑给爷爷出气了。

如果不是他们，难道是外人？村里跟爷爷关系好的不少，但好到愿意为爷爷杀人的，只怕没有。

那凶手杀人会不会不是为爷爷出气，而是为了听风瓶？在他发现异常的封棺之事时，瓶子还在谷江手里，之后谷家人去找谷河闹时瓶子已经丢了。谷青认为谷河确实没偷到瓶子，但假如凶手就认定瓶子在他那儿呢？这样一来，谷家所有人都有了伤害谷河的动机。但假如是这种情况，谷河应该不是被吊死，而是被严刑拷问才对，可他身上并没有其他伤啊。这个动机不成立。

谷青思来想去，始终没能确定目标，最后干脆把所有人都列为嫌疑人，尤其是知道谷河打过爷爷的人。可谁知道谷河打过爷爷呢？

依马慧娟的说法，当时除了他们夫妇，没有第三个人在场。至于是否有人暗中窥伺到了，不好说。

谷青想得头都大了，觉得这案子不容易破，首先，调查取证就是个大难题。

他觉得自己有必要扩大搜索范围，但又无从下手。他已经在村子里调查过了，可以说是一无所获。

也许先弄清楚爷爷的死因会好一点儿，起码确定了爷爷是谁杀的，到时候就……唉，如果是二伯杀的，就又陷入了死循环。

更何况，连爷爷的尸体都找不到了，怎么确定死因？

他觉得自己在警校的书都白读了，那些刑侦推理手段好像都不管用。也许是因为事关自己的亲人吧，身在局中，心乱如麻。

当案件陷入僵局，最好的办法，就是回到案发现场。他想，谷河若是被杀，那现场一定会留下什么痕迹，他得继续寻找线索。

“青子，有什么线索了吗？”

路过大伯家门口的时候，谷青被谷江给叫住了。

谷青对这位大伯不怎么感冒，从小到大，他都没有给过谷青父子什么好脸色。谷青轻轻摇头，示意没什么进展，叹了口气。

谷江说道：“唉，没想到老二会死，爹也真是的，教训一下就行了，干吗要他的命？”

听谷江这话的意思，他也相信这件事是爷爷做的，可是谷青总觉得他说这番话是为了将矛头往爷爷身上引，难道二伯的死真跟他有关？谷青眯起眼睛，看着谷江。

感觉到谷青的目光，谷江皱了皱眉，说道：“青子，你这么看着我干什么？你不会以为你二伯是被我杀的吧？”

谷江的反应加重了谷青的怀疑，他觉得谷江是做贼心虚，仍盯着谷江。

谷江怕谷青把罪名扣到他头上，忙说：“青子，我知道你在警校上学，将来会当警察，但你也不用看谁都像是杀人犯吧？是，我跟你二伯不对付，但我们毕竟是亲兄弟，再怎么样我也不会杀了他。杀人是要偿命的。况且就你二伯那死法，我可没那个本事把他弄到那么高的地方，除了你爷爷，我想任何人都办不到。”

最后一句倒是实话，谷青相信大伯没有本事把二伯挂到那么高的房梁上，还把现场处理得如此干净。

谷青想了想，问谷江："大伯，爷爷留下的听风瓶之前是不是在你那儿？"

一听到"听风瓶"三个字，谷江脸上顿时现出一丝防备的神色，装傻说："什么听风瓶，青子你在说什么啊？"

见谷江否认听风瓶的存在，谷青突然意识到，先前他断定听风瓶丢失是因为四叔之前找二伯要爷爷的尸体和瓶子，但假如瓶子并没丢，一直在谷江手里呢？借爷爷尸体丢失的时机把脏水一并泼给谷河，自己私吞瓶子这种事，谷江也不是干不出来。谷青打骨子里看不起谷江，他虽然不像谷河那样爱财如命，但也是为了钱什么手段都使的主儿，没少干缺德事。爷爷的尸体和听风瓶都失踪好几天了，可他看起来一点儿不着急，都没出去找过，这很反常。

谷青试探着说道："放心，大伯，我和我爸对那东西都没什么兴趣，虽然我家穷，可我和我爸也不会贪图那玩意儿。我只是觉得那东西是个祸害，要是你找回来了，我劝你还是赶紧卖出去，当然你得把利益分配均匀，要不然还得闹起来。"

"青子，你说这话是什么意思？先不说什么听风瓶，这是晚辈跟长辈说话该有的口气吗？"

被谷青教育，谷江当然不爽，脸立刻就拉了下来，而谷青只是笑笑，不再多言，转身朝着谷仓的方向走去。

片刻之后，谷青到了谷仓，当他推开那扇破旧的大门时，一个挂在房梁上的人影映入眼帘，吓了他一跳，仔细一看，正是马慧娟。

马慧娟死不瞑目，和谷河一样睁着眼，吐着舌头，看着怪瘆人的。

谷青顿时又是懊恼又是气愤。他曾想过，若凶手是为爷爷出气，那么马慧娟可能会成为下一个被害人，可他却因为气愤她的所作所为没去提醒，还自我安慰她已经够警觉了。可他刚从马慧娟家出来没多一会儿她就被杀了，看了下时间，只是半个小时而已。

之前他还怀疑二伯的死跟大伯有关，可大伯才跟他说完话，没有作案时间，那马慧娟是谁杀死的呢？

也许大伯有同伙，他看出自己要来谷仓，所以故意找自己说话，帮同伙拖延时间？

可即便如此，凶手的速度也实在太快了，要知道，从大伯家走到这里只需要五分钟左右，也就是说凶手的行凶时间只有二十五分钟。这二十五分钟还包含运尸，用工具将尸体弄到房梁上去，和清理现场的时间。这几乎不可能完成。

先说运尸。谷仓附近虽然没什么人，但从二伯家到这里的路上不可能一个人都没有，凶手没办法明目张胆地运尸，除非是二妈自己走到这里的。如果是二妈自己到谷仓的，那凶手肯定是她很熟悉的人，不然以她的精神状态，她不会跑到二伯死亡的地方。

由于时间太紧，大伯协同杀人的嫌疑基本可以排除，他当时没有很明显的拖延时间的迹象，所以只能把嫌疑锁定在别的跟二妈熟悉的人身上。

谷青急忙勘查现场，发现了马慧娟的脚印。女人的脚相对小一些，所以很好辨认。然后他又发现了一个不规则脚印，不由得有些欣喜，但很快又泄气了。那个不规则脚印跟正常人的差不多，只是没有鞋底的波纹，明显是脚上套了塑料袋类的东西，给勘查增加了难度。

谷青没有气馁，继续寻找，很快又发现了车轮印，很窄，大概有七厘米，应该是手推车一类的车辆，而且四周还有些水迹。

谷青欣喜若狂，凶手这次行凶太过匆忙，终于留下了一丝线索。但是，车轮印和四周的水迹代表了什么呢？

谷青闭上眼睛，想象着一个人推着小推车，车上装着梯子的画面。那个人将梯子立起，卡在房梁上，然后扛着马慧娟爬上去，将她挂在绳子上。

但随即谷青就否定了自己的想法，梯子的一头是要放在地面上的，两个人的重量压在梯子上，梯子和地面接触的地方绝对会留下比较深的坑，就算凶手做了处理也一定会留下痕迹。把坑填平必须得用活土，可谷青把房梁下面的地方都查看了一遍，也没有发现哪里有活土。这个推断不能成立。

现在可以肯定的是凶手使用了小推车，可小推车一般只有一米高，大的也绝对不会超过一米五，这种高度不足以将被害人挂到房梁上去，再说站在小推车上挂尸体也很困难。再者，马慧娟的体重起码有一百五十斤，就算是一个大汉，想要把她举起来也没那么容易。

难道凶手不是一个人？这个解释倒是说得通。凶手只留下了一个脚印，那就说明他还有时间处理现场，或许实施犯罪的是两个人，而处理痕迹的那个人不小心，没能将这个脚印收拾干净。

可那些水迹又是怎么回事？难题再次出现，谷青皱着眉头思索，想了半天也没能想出个所以然来。

出了命案肯定要报案，但谷青却无法离开现场，凶手好不容易留下一点儿线索，他可不希望这里被破坏了。他走到谷仓外面四处张望，想找个人去村委会给张志东打电话。

谷仓附近本来就没什么人来，自从谷河死后，就更没人往这边走了，除非是迫不得已。谷青等了老半天才看到一个人，是李力，谷青急忙喊他过来，可李力只看了一眼谷仓便一个劲儿地朝他摇头。

“力叔，你怕什么？我又不是让你进谷仓，我想麻烦你去一趟村委会，让唐大爷打电话报警，这里又出命案了。”

李力一听，转身就跑，一边跑一边喊又死人了。

也不知道他会不会通知唐启田，但谷青无法离开，也只能在谷仓等着。

半晌之后，唐启田来了，一脸着急地问谷青怎么了。谷青推开了谷仓的门，他一看里面又挂了个人，两眼一翻便晕死了过去。

后堂村多少年都没出过一起命案，可短短几天之内就有两个人吊死在谷仓里，换成是谁当村主任都会如此。

“唐大爷，您老赶紧报警，让张志东过来，就说我有发现。”掐着人中把唐启田弄醒后，谷青示意他赶紧去打电话。

唐启田连连点头，看都不敢看一眼谷仓里头，颤颤巍巍地走了。

谷仓又被村民给围了起来，不过大家都不敢进去，只在外头议论，说谷家老爷子又来报仇了，谷河两口子不孝顺，所以才被带走，接下来可能还得有人死，只是不知道会是谁。

虽然那些人七嘴八舌，但谷青发现，又是李力说得最欢。他眉头微皱，却什么都没说，只等张志东到来。

这次张志东来得比上次快。看到马慧娟的尸体，他的脸色很难看，说这肯定是他杀了。

同样的事不可能发生两遍，如果不是有意那样做，根本解释不通。自杀可以模仿，但警察都摸不准谷河是怎么挂到那么高的地方的，马慧娟又怎么猜得到？

“赶紧勘查现场。”张志东沉着脸，吩咐手下的人干活。

谷青把自己的发现大致说了一下，张志东点了点头，问：“青子，你有什么看法？”

他们的教官曾不止一次在张志东面前夸他这个学弟，所以张志东想要听听谷青的意见。

“凶手应该跟我二妈很熟悉，将其骗到谷仓之后杀害，因为从我二妈家到这里不具备运尸的条件。再有，我感觉凶手可能是两个人，现场发现了手推车一类的车轮印，想来应该是凶手用来运工具的，或许是比较高的木头一类的东西，再由两个人举着受害者，便可以把她挂到房梁上了。我查看过车轮印，比较深，说明上面是装了重物的，这符合我刚才的推断。只是我没搞明白水迹是怎么回事，凶犯绝对不会无缘无故弄些水到这里来，一定有原因。”

皱着眉头将自己的想法说出后，谷青的目光落在车轮印上，随即他走到房梁下面，用脚尖踢了踢地面，地面竟然没有留下什么痕迹。他从一个警察手里借来一把小铲子，挖了两下，发现这里的土质和谷仓里其他区域的土质都不一样，很坚硬。

“师兄，现在我也不排除对方用了梯子一类的工具的可能性了。根据这里土质的硬度，梯子留下的印记会很小，那样的话便很容易掩盖。难怪之前我们没看到梯子的压痕！”

之前谷青始终没有注意到房梁下方的土质和其他地方不一样，不过现在发现也不算晚。

“青子，等一下你帮我们找住的地方吧，看样子短时间内是无法离开了。”

既然已经知道这是凶杀案，那就一定要查，后堂村不通车，每天跑来跑去实在太麻烦，住在这里能节省不少时间。

谷青点了点头便走出谷仓。有张志东和他的同事在这儿，倒是不用再盯着了，他们会将线索都翻出来的。

谷青没见到孙迪的身影，随口问了张志东一句，张志东笑得暧昧，问道：“怎么，你们俩不是不对付吗？你问她干吗？想把她安排到你家里跟你住一起呀？”

谷青的脸一下子红了，忙说：“怎么会，我就随口问问。”

张志东只是呵呵笑，搞得谷青十分尴尬。

房子很好找，唐启田家可以住两个人，吴三叔那儿也可以住两个，至于张志东，住在他家就行了。

路过二伯家门口的时候，谷青朝里面看了一眼，见里面冷冷清清的，不禁感慨，前几天谷家的人还在这里闹呢，现在谷河两口子都没了命，真是世事无常。

谷青摇摇头，叹了口气，却看到二伯的女儿谷清芳急匆匆过来。

二伯被害的事估计二妈没告诉她，现在连二妈都不在了，肯定得有个人来处理后事，所以她回来是必然的。自己之前都没顾上通知她，想来是唐启田报警后打电话到邻村的。只是她婆家却没人过来，不知道是不是还在记恨二伯。

“谷青……”

此时谷清芳的双眼通红，明显是大哭了一场。

“姐……”

父母离去这种事，不管怎么安慰都无法减轻悲伤，所以谷青也没有多说什么，只是靠近抱了下谷清芳。

“你相信我爸妈是被爷爷带走的吗？”谷清芳努力控制自己的情绪，哽咽着朝谷青问道。

谷青轻轻摇头，说绝对没有可能，他不相信鬼魂，更何况，现在也有了一些他杀的证据。

“谷青，姐求你，一定要抓到凶手，为我父母报仇。”

谷青没有答话，一脸凝重地点了下头，带谷清芳去谷仓。

“姐，二伯和二妈有没有什么仇人？”谷青一边走一边朝堂姐问话。

“我爸妈的为人你也清楚，恨他们的人可不少，外人不说，光是咱们自家人，想他们死的就有很多。”

谷清芳这话有点儿偏激，估计是父母的死刺激到她了，所以她才把矛头指向自家人。

如果真是谷家人干的，大伯的嫌疑前面已经排除了。至于其他人，可能性也不大，案发前都闹成那样了，谷家人想要骗他们去谷仓可是千难万难。尤其是谷河被害之后，马慧娟肯定有了防范心，又哪里敢去谷仓？所以自家人作案的可能性不是很大，虽然也不能排除这个可能。

两个人走到谷仓那里，谷清芳一看到母亲的尸体便彻底崩溃了，跪在地上号啕大哭。张志东待她情绪稳定后开始询问，但和谷青一样，什么都没有问出来。

“谷清芳，你母亲的遗体要先做尸检，你可以跟着去，等尸检结束了，你就能带走你母亲的遗体。哦，顺便也能跟你父亲的一起领走。”

张志东摆了摆手，示意两个警察去找梯子，把尸体放下来。

在警察爬梯子的时候，谷青盯着梯子和地面接触的地方。上次他们放下二伯的尸体时他没注意，现在一看，果然没留下什么痕迹，很好处理。这让谷青更加笃定自己的判断——凶手是两个人，很可能是用梯子把尸体挂到房梁上的。目的很简单，就是让人看到被害者诡异的死法，以为是鬼怪作祟。

马慧娟的尸体被运走了，张志东示意他们连同现场收集的证据一起送到市里的技术部门，又让另外两个刑警先去走访村民，而后对谷青说道：“青子，咱们出去走走吧。”

谷青点了点头，知道张志东是要跟自己讨论案情。两个人出了谷仓，往村子南边走去。

“我总觉得那些水不会无缘无故地出现，一定跟凶杀案有关，现场虽然遗留了些证据，但和上次没多大区别，对案子的帮助不大。”张志东递给谷青一支烟，自己也点燃一支，深吸了两口说道。

将近傍晚，夕阳的余晖照射在张志东的脸上，让刚年过三十的他看上去十分沧桑。

能在这个年纪当上刑侦支队副支队长，张志东当然有些本事，不过这起凶杀案却把他给难住了，目前可以说是一点儿线索都没有。

就算如谷青所说，凶手是两个人，是用梯子将尸体挂到房梁上的，可那两个人都穿着鞋套一类的东西，那半个脚印可以说没什么用处。能想到戴鞋套自然也会戴手套，上回就没有在现场发现除死者以外的人的指纹，这次他们也没抱多大希望。收集不到凶手的脚印和指纹就没办法做比对，没有抓手，要破这案子可不容易。

谷青也在思考这个问题，凶手很专业，不比刑侦人员差，而且很细心，他们在杀人之前一定做了充足的准备，不太可能犯低级错误。所以说，现场的水迹一定有某种用途。

爷爷的尸体还没找到，现在看来，很可能是被凶手偷走的，为的便是让大家以为是谷岩诈尸杀人。如果能寻到爷爷的尸体，或许对案件的侦破有所帮助。可去哪里寻？后堂村虽然不大，但周围都是山林，要想藏一具尸体还是很简单的。

“那边是什么？”张志东突然问道。

谷青抬头一看，前面是老杨家的水果大棚。

“老杨家的草莓棚，马上就要到收获的时候了，老杨家……”谷青忽然闭口不言，随即拔腿就往前面跑。张志东不知道发生了什么事，但看谷青的样子好像是有重要发现，于是紧跟着他的步伐。

两个人一前一后跑到大棚前，谷青将门打开，朝里面喊道：“明哥，你出来一下。”

草莓就要成熟了，这个时间杨家的人肯定都在大棚里。

谷青叫了一声之后，便有一个二十六七岁，个子不下一米八的年轻人走了出来。此人叫杨明，是杨家的顶梁柱。

“啥事啊青子，我那儿还忙着呢。”

杨明浑身脏兮兮的，应该是在收草莓。谷青一脸凝重地看着杨明，问道："你家的冰窖最近有没有出什么事？"

草莓很难保存，杨家是村里唯一种植水果的，因为有一段路没办法通车，草莓摘下来后不能以最快的速度运出去，所以需要用冰来保存。

杨家在几年前弄了个冰窖，冰是冬天从村西边的河里取的，放在冰窖里常年不化，用来保存草莓。

"嗨，也不算有什么事，就是丢了几块冰，还有一个小推车不见了，可能是谁想吃点儿凉快的东西，拿我家的小推车拉了几块冰走。怎么了？"

杨家的冰窖很大，储存了许多冰块，用来运送草莓的小推车也有不少，所以杨明根本就不在乎。

听到杨明的话，谷青的脸上现出一丝激动之色，忙抓着他问："能带我们去你家的冰窖看看吗？"

"青子，我这儿正忙着呢，哪儿有闲工夫，你要是想要冰就自己去拉，那边也有小推车，冰窖没有锁。"说完杨明便不再理会谷青，径直走进了大棚。

谷青看了张志东一眼，张志东也明白是怎么回事了，两个人急忙赶往杨家的冰窖。

后堂村周围都是山，杨家的冰窖是在山根挖的，离大棚没多远。

二人迅速赶到冰窖，看到入口处随意放了几辆小推车。谷青上前仔细查看，很快确定这些小推车的轮胎纹理和谷仓里发现的车轮印相吻合。

"师兄，你带鞋套了吗？"谷青没有立刻进入冰窖，先朝张志东问了一句。

张志东点头，从随身的包里拿出四个鞋套，两个人分别将鞋子套住。

冰窖入口处有许多杂乱的脚印，戴上鞋套可以避免工作量的增加。

谷青推测，凶手应该是用小推车从这里运了几块冰去谷仓，然后站在冰块上把受害人挂到房梁上的。

从这里到谷仓的距离很短，中间还没有人家，用这个东西当垫脚的工具可以最大化地不留证据。

现在刚到秋天，“秋老虎”威力十足，冰离开了冰窖很快就会融化，这就可以解释谷仓那里为什么会有水迹了。

谷河死亡之后六小时到八小时才被发现，这期间冰融化成的水早就干了，所以上一次并没有发现谷仓里有水迹。这次凶手行凶的时间有些匆忙，他要处理车轮印和其他的东西，便没有时间处理水迹，而且土中的水是很难清理的，所以现场才会发现水迹。

凶手在进入现场的时候穿着鞋套，但他取冰的时候应该不会戴那东西，冰窖入口处有个小斜坡，戴着鞋套可不好走路。

穿好鞋套之后两个人便开始干活。凶手从冰窖里把冰块推出来要经过这个向上的小斜坡，那些冰块可不轻，对方一定要使很大的劲儿才能推上去。劲儿使大了，所遗留的脚印自然就深，这样可以尽快筛选出哪个是凶手的脚印。

“师兄，有三组脚印比较可疑，难道对方是三个人？”

“杨家父子会不会来这个地方推冰块？”张志东问。

谷青点头，说很有可能。如果另外两组脚印是杨家父子留下的，那么剩下的那个一定就是凶手的了。

脚印采集完毕，张志东又拍了几张照片。现在倒是不着急去排除杨家父子的脚印，既然已经发现凶手是用冰块当辅助工具的，不妨看看冰窖里还有什么线索。

打开冰窖的门，一股冰冷之气便从里面飘了出来，谷青忍不住打了个冷战，但还是咬了咬牙，走进了冰窖。

冰窖很大，足有一百多平方米，里面除了几条通道之外，其余的地方都堆满了冰块。每个冰块大概有三十厘米厚，按照冰块的高度和普通人的身高来计算，凶手要用四块左右的冰才能将受害者挂到房梁上去。

四块冰厚度在一百二十厘米左右，假设凶手身高是一米七，再加上他的手臂和绳子的距离，四块冰是刚好的。

“这儿有一张纸条。”扫视四周后，谷青发现有一层的冰块缝隙里居然夹了一张纸条，他有点儿意外，不知道那纸条跟案子有没有关系。

纸条压得并不瓷实，很容易便取了下来。只是看到纸条上写的字后，谷青愣住了。

“你们能看到这张纸条，说明你们还不算太笨，不过你们所做的只是无用功，你们无法抓到我。接下来我还会继续杀人，你们猜猜我会用什么方法？嘿嘿，你们猜不到。顺便告诉你们一声，外面的鞋印是我故意留下的，你们无法凭这个抓到我。”

很明显凶手是个智商很高的人，知道意外留下线索后，谷青他们迟早能查到这地方来，所以特意留下纸条以表蔑视。反正鬼魂杀人的局已经被看破，他干脆不再躲藏。

纸条看起来是从很普通的笔记本上撕下来的，那种笔记本村子里很多家都有。上面的字一看就知道是用非惯用手写的，很难通过字迹分析出什么。

谷青叹了口气，感觉线索又断了。

凶手既然能想到他们会来冰窖，肯定把所有有用的证据都抹掉了，能留下来的都是难以联系到其身份的无效证据，他们来这里也就失去了意义。但他也太嚣张了，居然叫嚣着还会继续杀人，把被害者和警察当猴子一样耍，他为什么要这么做呢？

“先出去再说。”

两个人走出冰窖。张志东有些恼火，他已经没心思再去比对杨家父子的脚印了。

“师兄，你一定要冷静，不能被对手牵着鼻子走。”谷青提醒张志东。

“青子，你说那个家伙到底想干什么？”天已经彻底黑了，此时已经过了晚饭时间，但两人却感觉不到一丝饥饿，脑袋里想的全是关于案件的问题。

“不知道……”

摇了摇头，谷青深吸了一口气，如果能知晓凶手想要干什么，那案件的侦破就会容易许多。

凶手一定已经谋划很久了，谷岩的死貌似只是一个导火索，一个契机。凶手将尸体偷走，就是为了制造假象方便杀人。可杀的人为什么会是谷河和马慧娟呢？

按照字条上的留言，他还会继续杀人，那么下一个目标很可能就会暴露他的真正目的。

如果接下来的目标还是谷家的人，那凶手就是跟谷家有仇。

如果不是谷家人，又该如何串联这些人物关系呢？难道要把凶手定义为报复社会的疯子？

谷青不禁有点儿期待事态的发展，可又不敢那么想。一种无力感充斥心间，让他烦不胜烦。明知道村里有个杀人凶手在行动却没有办法阻止，这种感觉很不好。

他最怕的是凶手下一个目标是他亲近的家人，比如父亲。想到这里，谷青一下子就慌了，很想马上理出点儿头绪来，可又没有任何线索供他参考。

他在警校研习过很多案件，其中大多数都是命案，像这种找不到凶手的悬案也有，但总会有线索留下。而这个凶手却很狡猾，原本以为寻找到了一些线索，结果却发现那些线索都在凶手的计算之内，这太让人抓狂了。

“师兄，还是先去我家吃点儿东西吧。”

“你先回去，我去村委会跟唐主任说一声，让他提醒村民各自警惕。凶手留言说还要杀人，虽然不知道真假，但小心些总没错。你们村太大，谁也不知道凶手究竟是专挑你们谷家人下手还是无差别杀人，我们不可能看住每家每户，也只能提醒。”

“那我跟你一起去吧，顺便看看唐大爷。”唐启田一把年纪了，这几天连连受刺激，谷青有些担心他承受不住。

通知了村委会后，张志东想了想，又打了个电话回局里，让技术科派几个人，明天跟运送尸体回局里的人再回来一趟。

“师兄，你是觉得凶手很快会再次动手吗？”

“以防万一吧。而且，冰窖那边还是再查一下比较稳妥。”

谷青带着张志东回了自己家，父亲早已经准备好了饭菜。

谷宏跟张志东也不陌生，他以前去省城看谷青的时候见过张志东几次。

饭后，谷青和张志东坐在院子里，叼着烟看着头顶上的星空。

他们偶尔交流几句，不知不觉夜便深了，谷青站起身，招呼张志东进去休息。

躺在床上，谷青闭上双眼，开始回忆爷爷死后所发生的事情。

凶手在爷爷去世的当晚悄声无息地溜进大伯家中，打开棺材盖，将爷爷的尸体抱出来……等会儿，如果抱着尸体的话根本无法将棺材盖复位，更不用说再封棺了。

如果是背呢？谷青设想凶手将棺材盖移开之后，抓住爷爷的两只手，把尸体背到背上，再将棺材复位，然后拿出锤子和棺材钉开始封棺。为了不发出太大的声响，凶手一定用了纸盒一类的东西垫在钉子上，可能就连锤子的头部都包裹了布一类的东西。而为了不让尸体掉下去，凶手只能猫着腰封棺。将棺材封死之后，凶手便离开了大伯家，然后潜入二伯家，藏在房子的侧面。

在发现爷爷尸体丢失的时候，谷青曾仔细地观察过，凶手绝对没有将尸体放在地上。但如果凶手是背着尸体封棺的话，行动上必然会受到限制，影响他的速度。

大伯和堂哥就在离灵棚不到十米远的屋子里，随时都可能会出来，凶手一定要在最短的时间内完成，免得被人发现。这样的话，凶手应该不会背着尸体封棺，那他到底是怎么做的？

“棺材盖，他一定把尸体放在了棺材盖上。”

谷青忽然想通了，凶手将爷爷的尸体抱出来之后放在了棺材盖上，然后再封棺，这样就不会影响速度了。

他封棺的目的应该就如大伯所说，让人以为大伯不孝，引发大伯和二伯之间的矛盾，这样，二伯被杀后，大家自然会怀疑跟大伯有关系。

不对，凶手不光是针对大伯，也针对父亲、四叔和两个姑姑，因为他们都去了二伯家闹事，凶手让这些人都显得有嫌疑。

紧接着，凶手带着爷爷的尸体躲到二伯家侧面，隐藏在那里，等到大伯找上门的时候，他便将爷爷的尸体移出来，让大家看到。

当时发现爷爷的时候，爷爷紧挨着房子，完全看不到他身后的情况，凶手应该是在后面撑着爷爷让他站起来的。

让大家看到爷爷后，凶手立刻将其转移，让他人以为是爷爷显灵，接着他便杀害二伯和二妈，制造鬼杀人的假象。

这是个连环套，他一边制造鬼杀人的假象，一边引发谷家人之间的矛盾，这是双重保险。如果鬼杀人的假象被揭穿，嫌疑便会落在大伯他们身上。如果不是今天在去谷仓的路上遇见了大伯，还和他说了会儿话，恐怕谷青也会怀疑大伯是杀人凶手。

凶手的思维太缜密了，计划也很周详。只是他没料到谷青会突然去谷仓。他知道自己留下了哪些破绽，预料到谷青他们可能会追查到冰窖，就在冰窖里留下了纸条，挑衅警察，说不定还想借此误导警察的侦破方向。

“那凶手希望警察的侦查方向被引到哪里呢？”

他的脑子有些乱了，于是摇了摇头，不再想这事，开始睡觉。

第三章 变本加厉

谷青家有三间卧室，谷青父子和张志东各住一间。第二天清晨，谷青起床之后到院子中洗漱，而这时谷宏拿着一张纸条走进来，递给了谷青。

“刚才我扫地的时候发现咱家大门上夹着这张纸条，这上面是什么玩意儿？”

纸条有半张 A4 纸那么大，上面画了一幅画，看起来像是一个人被挂在了树上。

谷青摇了摇头，也不明白这画是什么意思。他刚睡醒，还有点儿蒙，根本没往别的地方想，随口说可能是谁家小孩儿搞的恶作剧，随手把纸条揣兜里。

上午，谷清芳带着父母的遗体回到了后堂村。她已经在市里置办好了丧葬用品，决定明天清晨将二人合葬在一起。

张志东从返回的警察口中得知马慧娟的尸检结果仍是自杀，当即拉着谷青就去找谷清芳，想亲自再检查一遍尸体。不料谷清芳死死护着棺木，说什么都不让他们靠近。

“姐，你也不希望二伯他们走得不明不白吧，难道你真的相信他们是自杀？”谷青劝道。

“我不信。但是青子，你们已经解剖过我爸妈一次了，该让他们入土为安了吧。难道法医查不出什么，你们就不破案了吗？”

谷清芳态度坚决，谷青劝说无果，只得作罢。张志东铁青着脸，说明天葬礼结束后一定要亲自回市局找法医问个明白。

次日一早，谷河夫妻俩下葬后，谷青将谷清芳送到村口，目送她独自离开。

就在这时，张志东突然冲了过来，跟谷青说：“青子，赶紧走，又出命案了。”

谷青顾不上细问，便匆匆跟着他走了，一路上气愤又懊恼。明明已经提醒各家小心，葬礼时警察们都很警惕，居然还是出事了。只是不知道这回出事的是谁，会不会还是谷家人呢？

两人一路小跑，花了十分钟左右，便和四个刑警在一棵大约五米高的树前会合了。

推开大胆围观的村民，俩人发现大树上挂着具尸体，竟然是谷江。他没在葬礼上出现，谷青本以为是因为二人不和，他连出殡都不露面，没想到竟出事了。

但谷江不是被吊死的，一根尖锐的有婴儿手臂粗的木棍从他的股端刺入，直接从嘴里钻了出来，嘴外面还露出十厘米左右。木棍几乎把他的嘴撑爆，再加上睁着的眼睛，瞧着颇让人心惊。

可奇怪的是，木棍的尖端竟然没有血，尾部被固定在一根不是很粗的树枝上。如此诡异的杀人手法，谷青还是第一次见，浑身的汗毛都立起来了。

在离这里十几米远的地方站着一个人，是村里的务农专业户，名叫杨天树，大伯的尸体就是他先发现的。

杨天树是村里的贫困户，五十多岁了也没娶老婆，靠几亩薄田为生，每天早出晚归。他一大早上山，想砍些柴，不想遇见了这样的事，当时就被吓得屁滚尿流，连滚带爬地跑回了村子，通知了住在唐启田家的两个刑警，二人又通知了张志东，然后带着技术人员赶赴现场。技术人员已经完成了对现场的初步勘查，什么都没有发现，因为张志东没到，他们也不敢擅自将尸体放下来。况且尸体被固定到了树上，想要放下来也没那么简单。

这时谷青忽然想起昨天父亲给他的那张纸条，拿出来跟树上的谷江一对比，发现谷江的死状和纸条上画的竟然一模一样。也就是说，这张纸条根本就是凶手送到他们家的，告诉他们接下来他要杀的人会以这个形态死去。

张志东发现了谷青手里的东西，得知前因后果后，气得一拳捶在身旁的树上。

缓了口气后，他戴上手套，把字条小心翼翼地交给一个技术警员："这张纸条和昨天给你的那张都是重要物证，你们带回局里检验，看看上面有没有留下指纹什么的，再研究一下字迹、纸张出处还有墨水，反正能查的全查查，看有没有什么特别的地方。另外，昨天你们在冰窖搜集到的所有物证也都要仔细检验。"

张志东有条不紊地指挥着现场，另一边，谷青对着尸体陷入了沉思。

"为什么凶手要以这种形式杀人呢？他又是怎么把尸体弄上去的？"

这棵树不算很高，但也有五米左右，和谷仓的房梁差不多。树枝不多，而且还很细，并不利于攀爬。谷江的体重差不多有一百四十斤，要想将这么重的人弄到树上可不容易，而且还要摆这样的造型，真搞不懂凶手为什么要这样做。

“应该是用绳子把尸体拉上去的。”站在张志东身边的一个年轻刑警说了一句，他名叫周俊，年纪比谷青大一些，刚刚加入支队没多久。

“嗯，这的确是个方法。小周，你上去一下，先别动尸体，看看死者周围有没有什么痕迹。”

周俊虽然是刑警，但这种诡异的杀人方式他也是第一次见。他抬头看了一眼上面的谷江，感觉很有压迫力，脸上现出害怕的神色，但还是咬咬牙，抱着树往上爬。

“大哥，你过来一下。”张志东朝杨天树摆了摆手。

杨天树低着头，不情不愿地挪到二人身侧。张志东问他：“你是什么时候发现死者的？”

“清……清晨。”杨天树还有些后怕，说话结结巴巴的，眼睛看着地，这种姿势连余光都无法扫到树上的尸体。

“那当时你有没有发现什么其他情况？”张志东又问，而杨天树只是摇头。

谷青现在看谁都像嫌疑人，一直在留意杨天树的表情，没发现什么不对劲的。这时，他又在附近围观的人群里发现了李力的身影。

“行了，你可以走了，但不要离开村子，有需要的话我们会再找你。”张志东交代完杨天树，发现谷青在往人群里看，问道：“怎么了？”

谷青摇头说没事，然后把注意力放到了树上。

“怎么样？树上有痕迹吗？”张志东抬头问周俊。

周俊已经爬到了距离尸体两米左右的地方，他伸着头看了一会儿，说什么痕迹都没有。

“青子，你有没有办法将尸体弄上去，还不留下一丁点儿痕迹？”张志东问。

谷青点头，说这很简单，在树枝上垫一个折叠的麻袋，不让绳子跟树干直接接触就行了。

“那你说这事是一个人干的，还是两个人或者更多人干的？”

谷青摇头，说他也不是很肯定。从谷河夫妻俩的死来看，凶手貌似只有一个人。做这类事情，人越少暴露的概率也就越小。

“怎么？你们还不把尸体拿下来？等我给你们帮忙吗？”

忽然，张志东和几个警员身上的对讲机响了起来，说话的人声音沙哑，只能隐约听出来是个男人。

“你们谁的对讲机没在身上？”察觉到对讲机里的声音很陌生，张志东皱起了眉头，询问道。

几个警员被张志东问得一愣，犹犹豫豫地将对讲机都拿了出来，说没丢。

这时，树上的周俊突然怯怯地说他的对讲机不知道什么时候丢了，还没来得及跟张志东报告。

这个凶手还真是胆大，居然偷了周俊的对讲机和警察对话。

张志东瞪了周俊一眼，拿起对讲机，问道：“你究竟是谁？你到底想干什么？”他一边说话一边扫视四周，寻找说话人的位置。

“不想干什么，我只想告诉你们，取这具尸体要小心，因为固定他的那根棍子并不是很结实，搞不好你们会把尸体给弄坏。

尸体应该也算是物证吧？破坏物证的罪名虽然不是很大，但这毕竟是命案，所以你们还是小心一些的好。”

“西南方向，快！”谷青一直在观察周围的边边角角，此时忽然丢下这么一句话，然后率先朝西南山上的方向跑去。

张志东想都没想就直接跟上，速度飞快。

“张队长，你们就不必追了，我既然敢跟你们通话就不会让你们抓到，别白费力气了。”沙哑的声音再次从对讲机里传出，可谷青一众人却没有停下，一路朝山上疾驰。

后堂村的山上并没有太浓密的树林，不过长满了荒草，刚才谷青看到西南方的山上有反光，而且还在移动，应该是因为凶手身上佩戴了什么反光的东西。

几个人一路狂奔，但上山的路比较窄，又有些陡，还是花了近三分钟。

张志东让其他人把对讲机关了，收敛急速奔跑后的粗重呼吸声，开始有节奏地按对讲机说话的按钮。

此时没有风，山上很安静，一阵“嗞嗞”声从不远处一人多高的茂密草丛的方向传来，几人再次奔跑，嗖的一声蹿过草丛，结果差点儿撞到了草丛后面的一棵歪脖树。

“嗞嗞”声就在这里，谷青仔细一看，发现歪脖树的一根树枝上挂着那部丢失的对讲机。看样子凶手刚才就坐在歪脖树上，从那里刚好能够看到山下挂尸体的大树，难怪凶手知道他们还没有把尸体取下来。

以那么诡异的手法杀人，还能坐在这里观察，那家伙的心理素质果真不一般。

“张队，要不要把周围再搜查一遍？”发现树上没留下任何痕迹后，一个警员问张志东。

张志东摇了摇头，凶手敢这么明目张胆，肯定不会留下证据，这会儿也已经跑远了，追都不知道往哪儿追。像这种复杂的地况，别说是他们，就是谷青这种原住民都没办法。

“实在是太嚣张了。”一个叫戴勇的老警察一拳砸在树上，气得直喘粗气。他从警将近二十年了，还是第一次遇到这样的凶犯。

张志东笑笑，说道：“嚣张的我见多了，但这么嚣张的还真是第一个。青子，他是在向咱们挑战呢，要是不把他揪出来，咱们可对不起老师的培养。”

张志东和谷青都是那种越战越勇的人，对手越强就会越有斗志。

只是他们在明，凶犯在暗，这让他们很被动。但犯罪分子和警察从来都是一明一暗的，张志东他们要做的，就是从光明中扫除黑暗，这是警察的职责。

“先下山吧，把尸体弄下来送去做尸检。青子，你跟我一块儿去。”

“我也一块儿去吗？”

张志东点头，说这具尸体必须要经过详细的尸检，而且他俩要亲自检查，他一个人怕有疏漏。

“师兄，你是不是觉得法医没有仔细检查前两具尸体？”一边往山下走，谷青一边朝张志东询问。

张志东点头说道：“你二伯的尸体是由马超检查的，当时我以为你二伯是自杀的，马超接受了我的主观判断，很可能没有仔细检查就得出了相同的结论。可很快你二妈也死了，我就知道事情不简单了。尸检依旧是马超做的，但还是什么都没检查出来，结论依然是自杀，这就很有问题了。马超这家伙最近工作上带着点儿情绪，三天两头请病假不说，干起活儿来还随随便便的，所以还是咱俩上吧，我知道你很擅长。”

市局一直很缺刑事技术人员，优秀的更是稀缺资源，不得已时还要向省公安厅申请支援。这种情况下，很多刑警都会额外多学习些痕迹学、法医学的技术，这也是没办法的事。

谷青点了点头，没再说什么。他在警校经常接触尸体，而且他很好学。张志东信任他，他深感荣幸，也非常高兴能继续参与案件的深入调查。

一行人再次回到案发现场，为了不破坏尸体，谷青和张志东亲自上阵，等他们接近尸体的时候，才发现凶手真的不一般。

固定尸体的树枝虽然不细，但看起来承重量也只在一百四十斤左右，也就是说这根树枝刚好能承受谷江的尸体，再多一点儿重量便会断。

之前谷青还猜测凶手是利用绳子将尸体弄上去的，现在看来并不是那么回事，用绳子当然可以把尸体拽上去，可绝对没办法进行固定。

穿过谷江身体的那根木棍裸露在外面的长度有十五厘米左右，而谷江是以端坐的姿势被固定在树枝上的，那根木棍与树枝成三十度角，铁丝穿过木棍，跟树枝固定在一起。

尸体离谷青所站的地方大概有一米五的距离，以这种方法固定尸体，凶手要踩在树枝上才行。可树枝只能承受谷老大一个人的重量，凶手又是怎么固定的?

一个大大的疑问出现在谷青和张志东的脑海里。

而且这种情况下尸体很难被平稳地取下来，谷青想了想，说：“师兄，我先回一趟村子，等一下就回来。”

想完好无损地取下尸体必须用梯子，所以谷青打算回村子去拿，顺便把大伯的死讯告知堂哥谷德。

回到村子之后，谷青先找了四个梯子，又找了几根绳子，让几个村民帮忙送到案发现场去，随即便到了谷德家。怕谷德受不了，谷青并没有直接告诉他大伯的死状，只说大伯出事了，让他跟着走。

谷德看到父亲尸体的时候直接崩溃了，跪在地上号啕大哭，谷青安慰了他一会儿，便招呼几个警员将四个梯子两两连接起来，搭成两副人字梯，然后爬了上去。

梯子的高度正合适，谷青手拿钳子，让戴勇等人扶好尸体，随即将铁丝剪断。四人站在梯子上慢慢将尸体挪下来，等脚挨到地面的时候才长出了口气。

“爸！”

忽然，谷德朝他父亲的尸体冲过来，谷青急忙将他挡住。

“哥，我知道你心里难受，可如果你想让凶手伏法，那就不要动大伯的尸体，等尸检结束再说。”

谷青的话起了作用，谷德虽然悲伤，但还是点了点头，哽咽着说道：“行，但我得陪着……陪着我爸。我爸，我爸……他死得太惨了！”

谷德的命运跟谷青相似，幼年丧母，跟随父亲长大，对父亲的感情可想而知。

谷青看了张志东一眼，见他并没有反对，便点了点头。随后张志东让周俊等人去做一个简易的担架，因为大伯的死状太诡异，为了不吓到村民们，天将黑的时候他们才抬着尸体出村子。

技术科的一行人已经先回去了，他们将警用面包车的后座全都卸掉，方便放尸体。谷青几个人便蹲在旁边。

上了车，谷德又开始哭，谷青则仔细地观察尸体。他发现大伯的脸色有些发白，像是失血过多，可为什么木棍上没有血呢？他拿手指在木棍尖头上轻轻刮了下，闻了闻，确定没有血腥味，好像木棍压根儿就不是从大伯身体里穿透出来的。

一行人到市局的时候已经是深夜了。

因为要自己动手尸检，所以张志东并没有通知主管法医，跟值班的人打了声招呼之后便将谷江的尸体抬到了解剖室。

一放下尸体，几个年轻警察就迫不及待地想走，张志东忙叫住他们，让他们把谷德带走。一方面是需要录口供，另一方面是怕他受不了验尸的场面。

“可以开始了。”

换好衣服，戴上手套，二人便开始动手。

首先要做的便是将刺入死者身体里的木棍拿出来。谷青先拔尾端的木棍，结果差点儿摔了一跤，因为原以为不容易拔出，他使了很大劲儿，没想到很轻松就拿出来了，一看，木棍只有半截。

谷青若有所思，又小心地取出谷江嘴中的木棍，果然也是半截的。

原来木棍并没有贯穿谷江的身体，而是半截从股端穿入，半截从嘴里插进去，难怪嘴里露出的尖端部分没有血。

人体的构造很复杂，要想用这么粗的木棍贯穿身体是很难的，现在疑问有了答案，也就不觉得多么可怕了。

谷青不明白凶手为什么要这么做，想来应该只是为了吓人。

“看样子死因不是因为木棍，开始解剖吧。”张志东说，随后操起手术刀，在尸体上划开一道口子。

“师兄，我大伯的血好像都被放干了，内脏的颜色都很浅。”谷青说着，又挑破了一根动脉血管，发现竟然没什么血流出来，皱起了眉头。

“嗯，你大伯真正的死因应该是失血过多，可他身上并没有什么伤口，那凶手是如何让他失血过多的呢？”

还是谷青细心，很快发现谷江的脖子动脉处有个针眼大小的伤口，两条大腿上也有，位置很隐秘，不仔细看根本看不出来。

“看样子凶手是用针一类的东西大量抽取血液，导致我大伯死亡，可他为什么要采取这样的手法？再者，大伯又怎么会任由对方抽血，不做任何反抗呢？”

针眼全都出现在动脉处，肯定是凶手所为。

“我二妈或许是窒息而死，但我二伯很可能也存在失血过多的症状，当时没有特别在意，现在想想，我二伯死后的脸色好像跟我大伯一样。可惜堂姐不让我们复检尸体。”

张志东眯起眼睛，说：“你的意思是……看来马超确实没仔细做尸检。”

马超做法医也有不少年了，居然还犯这样的错误，张志东有些生气。如果真如谷青所说，谷河也失血过多，那马超就是失职，这是不可原谅的。

“先把你大伯缝好吧。”张志东强忍怒火。

处理好手头的事，两人出了解剖室，分别点燃一支烟，陷入了沉思。

他们都在想凶手为什么要以这种方式杀人，如果纯粹为了出气，大可不必这么麻烦，肯定有别的原因。

那两截木棍是死后被插入谷江身体里的，尸检结果证明了这一点，但他的血则是在活着的时候被抽取的，可谷江身上不仅没有挣扎的痕迹，也没有被捆绑的痕迹，凶手究竟是怎么控制并不瘦弱的死者的？又是怎么处理抽取的那么多血的？

那棵树恐怕不是第一命案现场，凶手是做完这一切才移尸到那里去的，那么凶手又是在哪里杀人的呢？昨晚守灵时谷德去了一趟，那时谷江想必还没出事，凶手一定是在出殡前动的手。

抽完了一支烟，谷青和张志东进了休息室，谷德和几个刑警都在那里等着，见两人进来，纷纷站起询问。

两人摇头，张志东示意他们全都坐下。

“哥，这几天大伯有没有什么异样？”

“没什么异样，昨晚吃饭的时候我爸还在发愁找不到爷爷尸体的事，骂了二叔二婶几句，说他们活该，骂完又叹气。饭后他就去休息了，让我代替他送二叔他们出殡。可没想到早上就这样了。”

说到这里谷德又开始流眼泪，眼眶红红的，可见他们父子俩感情很深。

“哥，昨晚九点左右的时候你睡了没？”谷青又问。通过尸检推断出的死亡时间就在前一晚九点左右。

谷德想了想，说那个时候刚躺下，还没睡着。这时，他好像想起了什么，又说："我记得昨晚我快睡着的时候听到我爸那屋的门响，应该是他要上厕所。但他出去之后很久都没回来，当时我没在意，直接睡了。要是早知道他会出事，我说什么也不会在那个时候睡觉。"

看样子谷江就是那时被害的，而且他外出很可能不是上厕所，而是被什么人叫出去的。

这跟谷河和马慧娟的情况很像，凶手跟谷江应该也很熟悉，要不然他不会在那个时间出去。农村人睡得早，晚上九点以后就很少有人愿意出门了，更何况谷家最近不太平。除非是熟人叫，有急事。

那叫他出去的人究竟是谁呢？村子就这么大，几乎家家户户都相熟，谁都有可能是能把谷江叫出去的人。

"对了，哥，听风瓶是不是还在你家？"谷青突然问道。

"你问这个做什么，不是丢了吗？"提起听风瓶，谷德的神色就有些不自然。

"哥，这都什么时候了，有什么情况你一定要老实告诉我们。"谷青严肃起来。

谷德犹豫许久，终于说："其实我就看过那瓶子一眼，就是爷爷尸体丢了的那天晚上，爸给我看了一下，之后他就收起来了，我也不知道他收在哪儿了。第二天他跟四叔他们说瓶子丢了我才知道。后来，我偷偷问过他是不是真丢了，但他没直接回答我，只是说，他才是谷家的领头人，听风瓶只能是他的。"

谷青和张志东对视一眼，看来听风瓶丢失果然是谷江放出的烟幕弹，瓶子一定还在他那里。这会是他被杀的原因吗？

“师兄，你说凶手用这种手法杀人，是不是在进行什么仪式？”

“也不是没有这种可能，这事必须向张局长汇报。咱们先休息一下吧，天亮了再说。”

忙活了这么久，几个人都有些累了，此时刚刚凌晨三点，离上班还有不短的时间，谷青几个人便在休息室里躺下了。

那些刑警都习惯了这种高强度的工作，一有时间休息总是争分夺秒的，没一会儿便鼾声大作，只剩谷青跟谷德两兄弟还睁着眼睛难以入睡。

“青子，你能不能答应我，一定会把杀我父亲的凶手给找出来？”谷青和谷德头对头躺在两张长沙发上，谷德低声向谷青询问，生怕吵醒了其他人。

谷青沉默了一会儿，坚定地点了点头。虽然他一直不喜欢大伯，但毕竟是一家人。更何况，他立志将来要做刑警，面对如此残忍的案件，他无论如何也会追查到底。

第四章

地狱手册

清晨，当第一缕阳光照射在谷青脸上的时候，他睁开了眼睛。

休息室里多了一个人，是市公安局局长张冠正，他正在跟张志东小声说话，见到谷青坐起，点了点头，算是打招呼。

张冠正已经年近六十岁，看起来虎虎生威。谷青起立立正，敬了一个标准的礼。

张冠正笑笑，回了谷青一礼说："你们村发生的那三起命案，张志东说你也参与侦办了，既然都醒了，咱们就聊两句吧。"

谷青深吸口气，回答了一声是。

他声音大了点儿，顿时把休息室里的其他人都惊醒了。

那些刑警见到领导后吃惊不已，忙起身敬礼。只有谷德不知道情况，一脸茫然地看着张冠正。

张冠正摆摆手，让其他人都赶紧出去洗漱，然后搬张椅子坐下，看着谷青跟张志东说道："说说吧，都有什么新发现？"

谷青摇头说道："目前只是了解了死者的死因，有关凶手的情况基本一概不知。"谷青说完才发现自己抢了张志东的话，幸好张志东并不介意。

因为无法锁定凶手，还屡屡被凶手戏耍，谷青有点儿心虚。

“哼，什么都没查到，居然还睡得这么香，你这个副支队长当得还真称职。”张冠正的目光落在张志东身上，板起了脸。

张志东低着头，皮肤从脸红到了脖子。谷青也顿时噤若寒蝉。

“先去洗把脸吧，等到上班时间你们来我办公室一趟，咱们详细聊聊。”张冠正不再多说什么，站起来转身离开。

等他走远了，张志东紧绷的身体才放松下来，有些无奈地跟谷青诉苦：“这种案子哪儿那么容易查。我睡觉怎么了？查案总不能不眠不休吧？他老人家是局长，说得倒轻巧，一点儿不体会我们基层干警的辛苦。算了，先去洗脸吧。”

谷青笑笑没说什么，随张志东一起洗脸，然后叫上堂哥一起去食堂吃饭。

饭后，张志东让戴勇和另外一个刑警先把谷德送回去，然后和在后堂村留守的两个警员会合，再仔细走访一遍。能不能访到什么线索不要紧，重要的是他们得在那儿出现，让凶手有所顾忌。他怕凶手会再次行凶。至于谷江的尸体，为免再遇到复检的难题，在征得谷德同意后，就暂时存在了冷冻库。

安排好后，谷青和张志东便去了局长办公室。

此时张冠正的办公室里还有一个人，正是法医马超。他好像刚被训了一顿，一看到二人便一脸苦大仇深地盯着他们，一副恨不得将他们剥皮抽筋的样子。

“你先出去吧，做好你的工作，不然就自己辞职。”张冠正的脸色也不怎么好。

马超走出办公室，狠狠地摔了一下门。

张冠正没有理会那家伙，将目光落在了张志东脸上。

“后堂村已经出了三起命案，而你昨夜却将大部分警力都带回了局里，你是怎么想的？还有，你未经法医同意，私自将尸体带入解剖室解剖，你眼中还有纪律吗？”

说这话的时候，张冠正的脸色变得冰冷无比。张志东笑笑，说道：“张局，我之所以选择自己解剖，是因为马超的工作做得不到位，这你可不能怪我。前两具尸体送来给他后，他告诉我说死者都是自杀身亡的，死因是窒息，但后来我们发现了疑点，觉得没那么简单，所以我不敢再让马超来验尸了。至于将大部分人都带回局里，是我考虑不周，我自请处分。不过我觉得周俊不太适合在一线工作，还请张局把他调到其他地方去。”

昨天周俊的表现不怎么样，不仅弄丢了对讲机，还很惧怕死尸，看起来的确不适合在一线工作，张志东很反感这种粗心大意的风包。

“处分的事情稍后再说，把你们的尸检结果告诉我。”

张冠正端起水杯，喝了一口水，张志东则将死者被抽取大量血液的事情说了，还汇报了谷青关于凶手可能在进行某种仪式的分析。

后堂村已经死了三个人，却未收集到什么有力的线索和证据，能找到的大多都是凶手处理过故意留给他们的，意义不大。这一点张志东也很恼火，但他没有避讳，把查案的过程全都汇报给了张冠正。

“凶手的确有可能在进行某种仪式，而且死的都是谷家人，难道你们就没有想过这是谷家内部的矛盾？”张冠正抬起头，看向谷青。

谷青想了想，说："张局，我和你的意见不同。这件事我昨晚又从头推理论证了一遍，我不否认谷家人有嫌疑，但我并不认为这件事是我们谷家的人干的。你试想一下，鬼魂索命一说已经破解，最初我怀疑过是不是有人气不过二伯他们打爷爷，所以杀他们夫妻为爷爷报仇，但现在连大伯都死了，他虽然算不上大孝子，但对爷爷绝对说不上坏。这个动机便也不成立了。事情发展到现在，是不是所有人都认为起因是我爷爷那个价值不菲的听风瓶？一般情况下，谁都会说是谷家的人争家产闹纠纷起意杀人的，包括我爷爷的死都很可能是因为听风瓶。但你有没有想过，如果凶手是谷家人，又是因为听风瓶杀人的话，那他杀来杀去，随着谷家人越来越少，最后是不是会暴露他自己？

"就算不把谷家人全杀了，也仍旧增加了他暴露的风险，很明显这样做不符合逻辑。光凭这点就说明是外人作案，因为他要杀光谷家的人。如果我推测无误的话，我相信他下一个目标还是谷家的人。现在我们家能继承听风瓶的二代人就只剩我爸、我四叔跟两个姑姑了，按照你的推论，凶手就在这四个人之中，但以我对我家里人的了解，他们并不具备这种凶性和能力，更何况他们大概还对瓶子丢失的说法深信不疑，也没有内斗的动力。所以我个人倾向于认为是仇杀，只是这个人隐藏得很深，连我这个谷家人都不知道我们谷家究竟得罪了谁。"

其实谷青如此推测，还是有些主观因素，他对谷家人不说了如指掌，也比一般人熟悉，谷家没有人有这种智慧制造这样复杂的案件。而且，他们虽然平日里有些不和，但还不至于下如此毒手。

张冠正听完谷青的话陷入了沉思，半晌后说道："你的推论很有道理，但仍旧无法摆脱你们谷家人作案的嫌疑，我持保留意见。这样吧，你们继续深入调查，首先把你爷爷的尸体，还有那个听风瓶找出来。”

谷青点了点头，他也一直想把爷爷的尸体跟听风瓶找出来，可惜爷爷的尸体无处找寻，而听风瓶又会被谷江藏在哪里呢？又或者，谷德说了谎，他其实知道瓶子在哪儿。他会是那种人吗？这个堂哥老实又懦弱，遇事就躲着，从不掺和长辈的纷争，但在听风瓶这么值钱的古董面前，他是不是仍旧不敢起贪念呢？

谷青跟张志东起身正要离去，张冠正似乎突然想起什么，喊住了他们，犹疑地问道：“你们有没有听说过《地狱手册》？”

见两人摇头，张冠正点燃了一支烟缓缓说道：“我刚从警的时候，曾经接触过一起连环杀人案，凶手用极其残忍又特殊的手法连杀十三人，当时整个城市都陷入了恐慌之中。被杀的那十三个人表面上看起来没什么联系，彼此素不相识，却做了同样一件事——猥亵幼童。凶手是其中一个孩子的父亲，他的孩子在被猥亵的过程中发生意外死了，不知道他从哪里得到一本手册，上面记载了人如何死才能下地狱，永不超生。那十三个人死状都极惨，有的被剥皮，有的被切断四肢，都是手册上记载的死法。凶手其实是一个普通的工人，是仇恨让他变得强大。最后我们抓到了他，但其实并不是因为我们掌握了什么关键证据和线索，而是他故意卖了个破绽让我们抓到的。”说到这里，张冠正脸上浮现出一种让人难以捉摸的表情，有害怕，有屈辱，但更多的是庆幸。

“这起案子跟当年那起凶杀案很相似，从几个受害者的死法看，更像是因为仇恨，凶手明显是在报复。他可能和当年那个凶手的想法一样，想把他恨的人都送进地狱。这个世界上没有无缘无故的恨，一定是死者做了让凶手不肯原谅的事情。”

张冠正叹了口气，又说：“我知道你们的压力也很大，但不能再有人死了。这样吧，我请咱市局的王牌支队过去帮助你们，要是你们还有什么困难，现在就可以说出来。”没有了之前的严厉，他的表情也和蔼了许多。

“谢谢张局，但我相信我和谷青能侦破这起杀人案。凶手行事很诡秘，除非把整个村子的人都监控起来，不然就算把所有支队都派过去也没有丝毫用处，反而会让凶手更加警惕，说不定他会彻底隐匿起来。我们需要凶手粗心大意。”

张志东的话不无道理，现在他们手里并没有什么有价值的线索，若是凶手完全隐匿，想要抓他就几乎不可能了。

“那你给我个期限，上面给我的压力也很大，不能无限期地拖下去。”张冠正再次点燃一支烟，盯着张志东。

“尽力吧，我也不知道什么时候才能找出凶手，这案子太棘手了。”张志东有些心虚。

张冠正摆了摆手，说道：“我最多给你一个月，如果一个月之内你破不了案，就引咎辞职吧。还有你，谷青，你现在还只是警校的学员，只是在队里实习，并不是有编制的正式警察，你可以参与查案，但不能越权，明白吗？”

谷青哪能不明白张冠正的意思，他是在告诉自己，不能私自行动，有什么事一定要跟张志东通气。

二人敬了个礼，走出了办公室，张志东长出一口气，说：“局长这关总算是过了，只是不知道那个嚣张的凶手还会不会再次行凶，如果会的话，下一个目标会是谁呢？”

谷青正想说，以农村人的思想，继承家业的一般是男性，所以他父亲和四叔是下一个目标的可能性最大，这时突然有人说话：“哟，这不是张大队长吗？怎么，这就要走了？”

楼梯口一个人影转了出来，正是马超。

“滚蛋，我现在没时间跟你废话，有什么事等我办完了案子再说。”张志东对马超很不感冒，懒得给他好脸色。

“张志东，你私自动用解剖室，还在局长那里打小报告，说我没有做好本职工作，耽误了你办案。以前我看你还人模狗样的，怎么就没发现你是个背后捅刀子的小人呢？你把我的法医身份弄没了对你有什么好处？”马超一脸气愤。

谷青眉头微皱，张志东的确在局长面前说了马超的工作有问题，可马超是在他们之前进局长办公室的，那时候张志东还没说这话呢。从来到市局之后谷青跟张志东便形影不离，他绝对没有事先见过局长。看样子是张志东手下的人跟张局打了报告。

“马超，第一具尸体送过来的时候你有仔细尸检吗？死者身上的血液是不是基本被抽干了？到底是自杀还是他杀？你只是略微看了一下就下了定论吧，你知道你的做法影响到了我们的侦查方向吗？你现在最好在我的面前消失，要不然看我不揍你。”

张志东的脾气可不怎么好，马超还想要说什么，但看到他的表情，终于还是选择了沉默，转身离开了。

张志东鄙夷地朝马超的背影吐了口唾沫，招呼谷青赶紧下楼一起回后堂村。

“师兄，怎么张局长好像什么都知道？都不用你给他打报告。”

张志东哼了一声：“不然我为什么跟张局说要把周俊调走？”

第五章

横生枝节

从昨晚离开村子起谷青就很忧心，害怕凶手趁他们不在对父亲下手。

直到下午，一众人才赶回村子，早一步回来的戴勇和另外一个叫唐寒的警察一直带着人在走访排查，仍旧一点儿线索都没有。谷青他们回来后，又立即搜查了谷江家，并没有找到听风瓶。案件陷入了僵局。

傍晚的时候，孙迪来了，说是局里安排她过来帮忙的。

“案子张局长已经跟我详细介绍过，我想问的是，你们打算如何切入？”一跟谷青他们碰头，孙迪便开始发难。

谷青默不作声，张志东打了个哈哈，说道：“现在还没什么头绪，师妹是不是有什么不同的见解？”

孙迪瞥了他一眼，然后审视着谷青，不客气地说：“我想知道，你有没有排查过你的家人。”

谷青摇了摇头，说道：“没有，因为我觉得意义不大。我并不觉得我家里有人有这种智慧和狠辣的手段。再者说，就算听风瓶很值钱，也不值得冒那么大的险在有警察介入的情况下还继续杀人吧？更不用说还屡屡挑衅警方了。以我之前跟罪犯的两次接触来看，他要么是个疯子，要么跟我们谷家有深仇大恨，但绝不是谷家人。”

谷青所说的两次接触是指冰窖那张纸条和对讲机的事情。孙迪听完笑了笑，说道：“谷青，你确定你真的了解你的家人吗？先说你四叔，那是个性格冲动的人，虽说胆子有点儿小，但也不能排除为钱财铤而走险的可能。你的两个姑姑倒没什么，不过你小姑父可是当过兵的，而且还是缉毒武警。我觉得最应该排查的首先就是他，因为他具备杀人的行为能力，还有冷静的头脑。至于你父亲嘛，倒是个老实人，所以还是先从你的小姑父下手吧。”

看样子孙迪做足了功课，但谷青之前就分析过，他并不认为凶手是小姑父，不过从客观上讲，的确有必要对他进行排查。孙迪说的没错，小姑父具备执行这种杀人手法的能力，而且他个性沉稳冷静，说城府很深也可以。

“张队，又发生命案了，在村东头的赵家。”

张志东的对讲机突兀地响了起来，说话的是戴勇。

听到案发现场与谷家无关后，谷青的情绪才稍微平复了一些，但仍旧心惊胆战，几人立刻直奔村东边而去。

到现场一看，死者是赵乾。

赵乾今年四十五岁，是村子里的一霸，大家都比较怕他，没想到他竟然死了。

他是死在自家猪圈里的，被吊在了猪圈的梁上。猪圈很矮，从梁上到地面大概只有一米三。而赵乾起码有一米七五，所以他的两条腿是蜷着的，远看像是跪着上吊的。

认出死者不是谷家人，谷青不由松了口气，紧接着面色更加凝重。赵乾这种以他人的痛苦为乐的人是不会自杀的，那么会是同一个凶手干的吗？还是说小小的后堂村一下子出了两个杀人犯？

赵乾家门口围了不少人，都是周围的邻居，其中一个大妈告诉谷青，赵乾这几天始终是一个人在家，前几日他把老婆狠揍了一顿，老婆一生气，便带着孩子回了娘家。但下午还有人看见过他呢，没想到现在却死了。

赵乾家养了几头猪，但此刻猪圈里什么都没有，尽管如此，那味儿还是薰得很多人都捂起了鼻子。

张志东拿出三副塑胶手套，递给谷青和孙迪各一副，三个人进了猪圈。

“死者脖颈处勒痕无错痕，面部有瘀青，鼻子下有干涸的血液，衣服上有磨损，可能是拖拽或撕扯所致。指甲缝里有皮肤组织，牙也脱落了几颗，左臂袖子被扯掉了，但不在这里，疑似死前在别处与人打斗过。”

虽然勒痕符合自杀的情况，但那些打斗伤十分可疑，赵乾极有可能是死后被人拖到这里，伪造成自杀，迷惑他人。

“这就是那个连环杀人犯的手法？也不怎么样嘛。”

孙迪的声音飘进谷青的耳朵，谷青看了她一眼，说道：“这根本就不是那个人所为，如果是他的话，绝对不会以这种拙劣的手法做掩饰，还在尸体上留下这么多证据。”

村里接连发生几起命案，任谁都会往那个方向猜。但这起命案手法拙劣，很明显是有人想利用之前的案子制造假象，让人以为赵乾的死也是那人所为。但那个凶手连杀三人，都没在他们身上造成打斗伤，差别太明显了。

孙迪有些不满，正要争辩，却听张志东说："戴勇，唐寒，你们马上带人去摸排，看看村子里有谁被抓伤了。"很明显，他是赞同谷青的推测的。

几人走出猪圈，站在赵乾家的院子里，谷青环顾四周，最终将目光落在一面院墙上。

赵乾家的墙是用红砖砌的，墙上面镶了红瓦。后堂村很多人家的院墙都是这样的，倒也没什么奇怪，只是赵乾家的院墙上有一个地方缺了一块儿红瓦，而旁边地面上恰好有些红瓦碎片。红瓦是用黏土粘在墙上的，轻易不会掉，就算掉，在不算坚硬的土地上也不会摔得这么碎，碎片表面还有些土。

谷青走到墙边，踮起脚朝隔壁的院子里看了一下。

那边住的是赵老憨，跟赵乾有点儿亲戚关系，但不算近亲。谷青瞥见墙上的砖缝里夹了几根头发，眼睛一亮，忙凑近了看，发现那几根头发上有血迹，他转头对张志东说："死者的头上可能有伤。"

张志东和谷青再次进入猪圈，拨开赵乾的头发，在他的脑袋上看到了一个很小的伤口，因为被头发遮住了，不仔细翻找都看不出来。

因为环境因素，现场尸检很难做到面面俱到，有疏漏很正常。

"或许这里的伤才是赵乾的真正死因。刚才我在他家院墙上发现了几根带血的头发，我怀疑杀人现场在围墙的另一边。凶手杀了人后，越过围墙把尸体转移过来，转移的过程中，死者的几根头发夹在了砖缝里，而且凶手还将墙上的红瓦碰掉了一块，又踩在了那块红瓦上，才使其成碎片状，而碎片上沾的土应该来自凶手的鞋底。”

他话里的意思已经很明显了，他怀疑住在隔壁的赵老憨有重大作案嫌疑。

话音刚落，谷青就发现赵老憨正站在门外的人群里。两人视线交错，赵老憨脸色一变，立刻转过头，慌慌张张地往家走。

“赵叔，你干吗急着走啊？”谷青冲出院子，将赵老憨拦住。

赵老憨则一脸不解地看着他，问道：“青子，你拦我干啥？”他故作镇定，无奈闪烁的目光出卖了他。

谷青一看就知道他有问题，但并没有立刻揭穿，闲聊般说道：“没事，我就是想问问，赵叔你这衣服是在哪儿买的？”

赵老憨穿了一件领子很高的衣服，把脖子围得严严实实。最关键的是，这衣服是女式的，穿在赵老憨身上要多怪有多怪。

“啊！别人给的。城里人不是喜欢捐衣服献温暖吗？你也知道我家的条件，这种衣服不要白不要，女式的也没关系。”赵老憨脸上现出一丝惊慌的神色，连说要回去，谷青眼疾手快，一下拉开了他的衣领，看到了他脖子上的伤痕。

赵老憨一见事情败露，挣扎着要跑，被谷青给制住了。

“赵叔，赵乾是你杀的吧？”谷青死死盯着赵老憨，目光犀利。

赵老憨慌乱地摇头，说：“我哪敢杀人，就算借我几个胆子我也不敢啊！”

这时张志东也上前掀开赵老憨的衣领看了看，然后便给他铐上了手铐。赵老憨耷拉着脑袋，一句话不说。

这么快就抓了人，村民们顿时议论开了，现场闹哄哄的。

谷青朝四周看了一下，建议把赵老憨带到他家里去审问，顺便看看他家是不是第一案发现场。

张志东推了赵老憨一把，几个人便进了他家。

一踏入赵老憨家的大门，他妻子吕金凤便从屋子里走了出来，见丈夫被戴上了手铐，她顿时哭了起来："我就说不该收人家的钱帮着干这种丧良心的事儿，现在遭报应了吧。"

随后吕金凤便抓住谷青的手，说道："青子，赵乾不是你赵叔杀的，是有人给了他钱，让他帮忙收拾烂摊子，你快放了你赵叔吧！"

在村里人的眼中，谷青和警察没什么区别，吕金凤不认识其他人，只当谷青能做主。

面对吕金凤的央求，谷青眉头微皱，心道原来这里头还有内情。如果吕金凤说的都是真的，那真正的凶手并不是赵老憨这个老实人。

"是谁让赵叔做这些的？"谷青问。

吕金凤摇头，说具体是谁她不清楚，出事的时候她不在家，是赵老憨事后告诉她的，但没告诉她谁是真凶。

"赵叔，那你说说吧。"

赵老憨张了张嘴，但最后只是叹了口气，摇头说这一切都是他做的，他愿意给赵乾偿命。

"老憨，你是不是傻？！这事儿你也帮着扛，这可是要吃枪子的！"吕金凤急了，抓着赵老憨不断摇晃，而赵老憨却默不作声，一副任凭处置的样子。

"赵叔，你如果有什么难言之隐，可以说出来，我们会帮你解决的。"

一时财迷心窍帮人善后还有可能，但若不是有逼不得已的原因，赵老憨绝对不会替别人扛下杀人的罪名。

谷青跟张志东要来钥匙，将赵老憨的手铐打开。他很清楚赵老憨不会跑，或许暂时恢复自由能够卸下他的防备心。

赵老憨叹了口气，说：“青子，你就别问了，赵乾是我杀的，你把我带走吧。”

谷青还想说什么，孙迪突然转到赵老憨面前，说道：“这位大叔，你能告诉我你家孩子多大了吗？”

听孙迪提到孩子，赵老憨的脸色一变。孙迪继续说道：“你以为你帮那个人把杀人的罪名扛下来，你的孩子就安全了吗？大错特错，你这样做只会让你孩子陷入更大的危机之中。你想想，一旦你被抓，就没办法再保护你的孩子了，但凶手很可能会对你的家人不利，因为他担心你的家人也知道他的秘密。而且你想过没有，你如果被抓的话，以后你的孩子要怎么在社会上立足？别人会因为他父亲是个杀人犯而瞧不起他，这会让他产生巨大的自卑心理，说不定还会干出什么冲动的事情，后果不堪设想。”

孙迪的一番话让赵老憨脸色巨变，身体都开始颤抖了。

赵老憨有个儿子叫赵飞，在县里念高三，明年就要考大学了。

孙迪的观察力很强，她显然是看到了赵老憨家里的全家福，推测出了他坚持为人顶罪的可能原因——他最亲的人遭到了威胁。

受威胁的肯定不是他老婆，因为吕金凤没有表现出受到胁迫的样子，那剩下的就只有赵飞了。赵飞是赵家独子，他若受到威胁，赵老憨就只能选择听凶手的话。

两行眼泪顺着赵老憨的眼角流下，孙迪趁热打铁，继续说道：

“况且你想扛也扛不了，事儿是谁犯的就得由谁来承担，法律上没有顶罪一说，即便你不将那个人供出来，我们也会找到他，将他绳之以法。话我就说到这里了，到底要不要告诉我们凶手是谁，你自己看着办。或许现在凶手已经在考虑什么时候对你孩子下手了，还有你老婆。斩草除根嘛，只有把所有有可能知道内情的人杀掉，他才能真正安全。”

最后两句话孙迪说得阴森森的，赵老憨脸上现出愤怒的神色，喊道：“要是姓李的敢动我老婆孩子，我就跟他拼了！”

赵老憨只是个老实巴交的农民，哪里经得住孙迪的心理攻势，很快便说漏了嘴。

孙迪有些得意，挑衅地向谷青挑了挑眉。

“赵叔，让你顶罪的到底是谁？”忽然，谷青大喝一声，赵老憨被吓得一激灵，下意识地脱口而出：“是李力！李力让我这么干的！”

“李力住在村子西边。”谷青一边说一边冲出赵老憨家。

张志东让孙迪和一个刑警留守，自己赶紧跟了上去。二人很快便出现在李力家，但李力已经逃得无影无踪。

谷青之前还奇怪，一向爱看热闹的李力这次竟然没有出现在赵乾家附近，现在算是明白过来了，他显然是做贼心虚，躲起来了。

张志东急忙跑到村委会给市局打电话，让那边联系各个分局，对李力展开追踪抓捕。

打完电话，张志东说：“青子，赵老憨涉嫌包庇凶手，我得先带走。”

这一点谷青很清楚，因为赵老憨的掩饰，李力成功逃窜，要是抓不到李力，就无法证明赵老憨受到了威胁，到时他会很麻烦。

谷青点了点头，示意村子里有他盯着就行了。

张志东想了想，决定把老戴和唐寒留下，他亲自将赵乾的尸体带回市局，统筹抓捕李力的事宜。

两人回到赵老憨家，张志东再次给他戴上了手铐。吕金凤看着丈夫被带走，哭得稀里哗啦。

两个刑警带着赵乾的尸体跟着张志东一块儿离开，孙迪却留下了。她说，就在刚才，赵老憨已经把事情的始末都告诉她了。

原来李力跟赵乾的妻子有染，被赵乾发现了。赵乾是村里的一霸，自然不会轻饶李力，把他狠揍了一顿不说，还勒索了他不少钱。

李力这几年外出打工倒是赚了一些钱，但一下回到了解放前，这让他对赵乾十分怨恨。

前几日，赵乾的妻子找到他，哭诉说因为他们之间的事情，赵乾现在天天虐待她，她受不了了，想要自杀。

自己被赵乾殴打勒索，现在情人又遭受折磨，李力更加气愤，决定杀了赵乾。

但李力对赵乾有点儿畏惧，更何况他们之间发生过那样的事情，赵乾对他一定很防备，想要杀他并不容易，于是他想到了赵老憨。

赵老憨老实巴交，又跟赵乾有亲戚关系，要是他帮忙出面设局的话，赵乾肯定不会怀疑。

李力的计划很简单——利用赵老憨将赵乾约出来，伺机将其杀掉。计划既定，他便让情人带着孩子回娘家躲避一段时间。

经过几天的筹划，昨天下午，李力瞅准吕金凤不在的时机，买了不少吃食和酒去了赵老憨家。他先跟赵老憨喝酒，不停地忏悔，说他对不起赵乾，不应该做出那样的事。又说想跟赵乾道歉，但怕对方一见到他就会动手，所以想请赵老憨出面说和一下，请赵乾过来喝酒。

李力塞给赵老憨一千块钱，不断地哀求他，赵老憨心软，便去找赵乾。刚好赵乾这几天赌钱输得很惨，正想着再从李力身上榨点儿赌资，一听说李力要跟他道歉，立马跟着赵老憨走了。

两个人各怀鬼胎坐在一张桌子上，李力一个劲儿地道歉，不等赵乾提钱的事，就主动拿出了五千块钱递给他，说这钱是孝敬他的。

被打又被勒索过一次的人怎么可能会主动给他送钱？但赵乾压根儿没考虑这个问题，看到钱，他两眼放光，毫不客气地接了过来。

因为钱，两个人的疙瘩解开了不少，开始推杯换盏，喝得不亦乐乎。后来酒喝没了，李力就让赵老憨去买，可等赵老憨回来的时候，赵乾已经浑身是伤地倒在了血泊中，脑袋上多了一个血洞，李力脸上多了几道血痕，手中紧握着仍在滴血的锥子。

赵老憨吓坏了，转身要跑，却被李力拦住了。李力阴狠地说，他清楚赵飞在哪儿上学，连在哪个班级都知道，如果赵老憨敢把这件事说出去，他就会杀掉赵飞。

老实的赵老憨被唬住了，只好乖乖听话，帮着李力将赵乾的尸体拖出屋子，顺着院墙拽到了赵乾家的院子。院墙上的那块红瓦就是拖尸体的时候碰掉，又被李力踩碎的。

李力将赵乾的尸体弄到了猪圈里，把猪都赶了出去，然后找了条绳子挂在猪圈的梁上，自以为是地营造赵乾自杀的假象。

做好这些后，李力翻出情人的高领衣服让赵老憨穿上，并抓伤了他的脖子，让他吸引警察的注意，万一被警察发现，就说人是自己杀的。

为了孩子，赵老憨不敢不答应。在李力的指示下，他将家里收拾了一番，又将李力从赵乾衣服上撕下来的半截袖子给烧了。

事情的经过就是这样，一切都是李力所为。赵老憨因为害怕，在吕金凤回来后把这事跟她说了，只是没说那个人是李力。

听到这里，谷青叹了口气，感叹赵老憨的软弱和无知。

而此时谷青突然想起上次他在村里打探消息时遇到李力的情景，当时李力正好从赵乾家翻墙出来，却骗谷青是偷果子吃，现在看来，不是偷果子，而是偷情。

李力也算有点儿小聪明，懂得利用最近的几起杀人案来掩饰他的行为，只是他的手法拙劣而粗糙，破绽百出，跟那个作案手法诡异且擅长毁灭证据的连环杀人犯区别太大。

抓捕李力的事无须谷青操心，他很快将精力转移到连环杀人案上。

第六章

患难与共

谷青带着孙迪和老戴、唐寒在村子里继续走访连环凶杀案的线索，奈何村民们开始出现烦躁情绪，走访没有成效。

已经到了吃晚饭的时间，谷青让老戴和唐寒回了寄住的地方，然后邀请孙迪跟自己回家吃饭。

孙迪瞪了他一眼，说："谁要跟你回家吃饭啊。"

"爱去不去，不想吃就饿着。"谷青没心思理会孙迪的小情绪，不再管她，径直走了。

孙迪有些错愕，很快又别别扭扭地跟了上去，一边走一边问谷青什么时候去找他小姑父问话，谷青说吃完晚饭就去。

一到家他就心急火燎地找父亲。一天没抓到凶手，他对父亲就不放心，在外面寻找线索时都记挂着父亲的安危。幸好父亲就在饭桌旁坐着抽烟，菜都做好了，正等他回来一起吃。看到他带了女孩回来，谷宏赶忙把烟灭了。

"爸，这是我同学孙迪。"谷青介绍道。

谷宏早站起来了，看着孙迪，脸上浮起浓浓的笑意，急忙招呼她进屋坐。

"不好意思，我不知道青子会带朋友回来，也没准备什么，闺女你稍等一下，我再去做两个菜。”

一看就知道谷宏把孙迪当成了谷青的女朋友，所以非常高兴。孙迪这个人精哪能看不出来？但她却没有解释，还抢着要进厨房帮忙，被一脸欣慰的谷宏赶了出来，让谷青陪她聊天。

孙迪只好甜甜地说了声：“那麻烦您了，叔叔。”

谷青看他们推来推去地客气了半天，等父亲进了厨房才小声问孙迪：“你干吗呢？怎么搞得跟见家长似的。”

孙迪听了脸上热烘烘的，瞪了谷青一眼说：“你管我。”

女孩儿真的不可理喻，谷青怀疑地盯着孙迪看，把她看得如坐针毡，红着脸转过头不再理他。这样的孙迪让谷青有点儿不适应，他也忙扭开头去。

一对青年对坐无言，气氛有点儿古怪。谷宏探出头，见此情景，无奈地摇了摇头。

儿子性格随他，跟女孩儿在一起的时候就是个闷葫芦，也不知道他是怎么跟那么漂亮的女孩儿好上的。不对，貌似还没好上，他琢磨着是不是该帮一下忙。

很快，谷宏做好了两个菜，端了出来，热情地招呼孙迪吃饭。

谷青一直觉得孙迪大大咧咧的，谁知她在谷宏面前居然表现得像个羞答答的小家碧玉，一点儿“女汉子”的影子都看不到了。谷青惊讶地看着她，就像从不认识她似的，直到父亲推了他一把说：“青子，你干吗呢？平时没看够啊？赶紧给你朋友倒杯水，没见她噎着了吗？”

谷青这才回过神来，翻了个白眼，不情不愿地倒了杯水，递给孙迪。

优秀的人容易相互较劲，谷青跟孙迪一直不对付，也从来没有将她当成女孩儿，就她那脾气，整个警校没几个男同学敢招惹她。可看着眼前这个突然需要他照顾的孙迪，谷青觉得自己的脑子转不过来了。

这顿饭吃得很尽兴，起码谷宏和孙迪两个人尽兴了，谷宏看孙迪的眼神完全就是公公看儿媳，她吃得越多谷宏就越高兴。他一高兴，话就多了起来，像查户口似的。一旁的谷青很尴尬，又拦不住他。

孙迪倒是配合，有问必答。看着看着，谷青心里莫名地滋生了一丝异样的情绪。孙迪确实是个很优秀的女孩儿，个子高挑，长得很漂亮，能力还非常突出，像支带刺的玫瑰。

“叔叔，我吃饱了，谢谢您的招待。”放下筷子，孙迪满意地打了个饱嗝儿，又不好意思地吐了吐舌头。

谷宏拿出一个红包递给孙迪，说道：“第一次来我们家，叔叔也没什么可以给你的，这红包你就收着吧。”

男孩儿第一次带女朋友回家，家长要给女孩儿红包。很多地方都有这个规矩。

“爸，其实……”谷青正想解释孙迪不是他的女朋友，孙迪却把红包接了过去。谷青诧异地看向孙迪，孙迪朝他做了个鬼脸，将红包收了起来，甜甜地笑道：“谢谢叔叔。”

谷青有些搞不清楚状况，谷宏却放下了心里的一块大石。给红包是对孙迪的试探，而孙迪的表现无疑是默认了跟谷青的关系，只是他的傻儿子还稀里糊涂的，实在让人着急。

“叔叔，您刚才一直都在给我夹菜，自己都没怎么吃，您赶紧吃些吧，吃完早点儿休息，我和谷青出去调查些情况，可能会回来得比较晚，您不用等我们。”孙迪说完，也不管谷青有没有吃好，拉着他便往外走。

谷青踉跄着被拖到门口，回头提醒父亲说：“爸，你今天晚上哪里都别去，就在家里老实待着，听到没有？谁叫你都别出门，千万千万要记住。”

谷青还想再嘱咐两句，却被孙迪拉远了。他有些恼火，不满地甩开孙迪的手，说：“孙迪，你还有完没完？我问你，你知道拿那个红包意味着什么吗？”

孙迪顿时板起脸，从兜里拿出红包拍到谷青手上说：“还给你！谷青，你可别误会，我没兴趣当你女朋友，我只是看你爸那么高兴，不忍心让他失望而已，你别不知好歹。”

谷青一听，有些后悔刚刚冲她发火，不知所措地把红包递到她面前，说：“那，既然是这样，你就收下吧，就当，就当你帮忙的报酬。”

孙迪赌气地背过身说：“我不要。”

谷青急了，把红包往她手里塞，说：“你就拿着吧，我爸都给你了，这钱就是你的，我没有权利拿回去。”

两个人推来推去，孙迪突然“扑哧”一声笑了：“好了，在这儿推来推去像什么样子，查案子要紧，咱们赶紧走吧。”说完也不等谷青，拿着红包兀自跑远了。

看着她的背影，谷青摇了摇头，觉得越发不懂女孩儿了。不过她接受了红包，也不再像以前那样对他不假颜色，这是不是说明她还挺喜欢自己的？谷青想到这里，又猛地摇头，觉得自己想太多了。

正发着呆，孙迪突然回过头来，扯开嗓子催促道："你磨磨蹭蹭干什么呢？还不赶紧领路！"

谷青答应了一声，赶忙追了上去。

两人来到谷青的小姑谷小美家门口，一眼就看见小姑父梁子栋在院子东边的猪栏里喂猪，看起来没什么异常。

谷青喊了他一声，梁子栋扭头看见谷青，轻轻点了点头，并不说话。

梁子栋的性格就是这样，谷青已经司空见惯，所以并不在意。

"小姑父，最近村子里的事情你都知道了吧？"二人走进院子，谷青朝梁子栋询问。

梁子栋点头道："有什么事情你就直说吧，别拐弯抹角的。"虽然不喜欢多言，但他很敏锐，知道谷青不会是简单问问。他说话喜欢直来直去。

"我想问问你，我大伯和二伯被害的时候你有没有听到什么风声？"

"没有。"梁子栋回答完，拍了拍手，进了屋子，谷青和孙迪跟着走了进去。此时谷小美正在收拾厨房，看到谷青来了便笑着招呼他们。

谷家的兄弟姐妹一直不怎么和睦，谷小美跟谷宏的关系还算好，但跟其他的哥哥姐姐就不行了。

两个哥哥的去世并没有让谷小美多悲伤，瞧见有个漂亮姑娘跟在谷青后面，她顿时笑开了花，忙上前询问二人之间的关系。

长辈对晚辈的感情状态总是格外关心，即便谷青说孙迪只是他的同学，来协助破案的，谷小美还是对她格外热情，跟谷宏一样，致力于把两人凑成一对。

谷青一边应付着小姑令人难以招架的热情，一边看了一眼小姑父，见他坐在那里默不作声，谷青迟疑着，不知道该如何开口。

孙迪见状，主动问道："小姑，其实我们来是想问问，谷青大伯和二伯被害的时候，小姑父人在哪里？我知道你们都是谷青的至亲，我们问这些话有些不合适，但人命关天，这是必要的程序，还请小姑和小姑父能理解我们。"

谷小美诧异地看着谷青，说："你是在怀疑你小姑父？"

很显然，谷小美有些不高兴。可既然这层窗户纸已经被孙迪给捅破了，谷青也就没有了顾忌，他斟酌了一下用词，解释道："从理论上讲，咱们村子的所有人都在警方怀疑的范围之内，所以小姑，你不用多心，我们只是想要了解一下情况，希望你和小姑父能理解。"

谷青说话的时候，孙迪一直在观察梁子栋，他的表情没有丝毫变化，看不出任何端倪。

"青子，我没想到你竟然怀疑到我和你小姑父头上，你大伯和二伯的死怎么会和我们有关系？虽说我们没什么兄妹情分，但血缘关系还在，就冲这点我和你小姑父也不会对他们下那样的毒手。你如果有证据的话就把我们抓起来好了，要是没证据就不要在这里乱说话。行了，我和你小姑父还有许多活儿没干呢，你们走吧。"

谷小美生气了，这在谷青的意料之内，换成谁被自家人如此怀疑都会不舒服，谷青只好带着孙迪离开。

“你有没有看出什么来？”出了谷小美家的门，孙迪便朝谷青问道。

谷青摇头，说：“当你提到我大伯二伯的时候，小姑父的神色没有丝毫变化，也没有什么小动作，我想这件事跟他应该没什么关系。”

孙迪没有反驳，陷入了沉思。

“青子，青子！”

两人正往回走，却被一个人叫住了，是谷青的五姑谷小华。

谷青对这个五姑有些不感冒，因为谷小华是个典型的势利眼，对有用处的人笑脸相迎，可对用不着的人就不会给好脸色。

“青子，刚才有人把这张纸条塞进了我家，上面写了你的名字，我不知道这纸条上画的东西是啥意思，所以拿来给你看。”

又是纸条，谷青一听就心惊肉跳，心想，不会又死人了吧？他接过纸条，手有点儿抖，深吸了口气，打开折起的纸条，见到上面那熟悉的画风，心里一紧，知道肯定是出事了。

画上除了人之外，还有许多四四方方的像石头一样的东西，纸条的末端写着谷青的名字，仔细一看，字迹跟在冰窖里发现的那张纸条上的一模一样，纸张还有点儿湿。

“冰窖……”谷青意识到不妙，立刻朝着冰窖跑去。孙迪急忙跟在他身后。

谷小华则一脸迷惑，不知道发生了什么。

谷青一口气跑到冰窖，直接打开门，冲了进去，孙迪紧随其后。然而两人检查了一圈，发现冰窖里一切正常。谷青感觉不太对劲，正琢磨着出了什么差错，冰窖门忽然“砰”的一声关上了。

两人吓了一跳，谷青转身跑到门口，可铁门被人从外面封死了，不管谷青是推还是踹都无法打开。孙迪扯开嗓子喊救命也没用，声音根本传不出去，对讲机也失去了作用。

“被骗了。”谷青眉头紧皱，一脸懊恼与不甘。很明显，那个凶手想要害他，所以才利用谷小华把纸条转给他，诱他过来。太大意了!

他们进来的时候外面的天已经开始黑了，这个时间，杨家父子肯定不会来冰窖取冰。这里的温度估计有零下十来度，要是被关一夜的话，衣着单薄的两人肯定会被活活冻死。

“谷青，这到底是怎么回事？”孙迪问。

谷青将他的推测告诉了孙迪，然后说：“对不起，连累你了。”

千算万算，偏偏没想到凶手不按套路出牌，这回不杀谷家二代人，改杀三代了。可能是嫌他碍事，想先把他干掉，好继续接下来的杀人计划。

孙迪摇了摇头，并没有责怪谷青，若有所思地说了一句：“这个凶手还真不简单，居然想到这种办法杀你，把你看到纸条后会采取的行动揣摩得一清二楚。”

谷青却顾不上感慨，他有一种很不好的预感：恐怕谷家人都逃不过去了。

坐以待毙不是谷青的性格，他开始研究铁门，在发现无法攻破之后，又沿着四周的墙寻找，希望能找到突破口离开这里。可冰窖的墙很厚，因为这样才能保持室内的低温，冰才能不融化。

“看来要被冻死在这里了。没想到自己会以这种方法被人结束生命。”出去无望，谷青不禁苦笑。

“谷青，咱们出不去了吗？”孙迪看着谷青，瑟瑟发抖。

谷青点点头：“除非有人来取冰，不过现在这个时间，这种概率几乎等于零。”

“那我们是不是要死在这里？”孙迪再次发问，不过这次谷青没有回答她。看她已经开始牙齿打战了，谷青让她赶紧运动，也只有运动才能驱赶寒意。

两个人开始在冰窖里小跑。运动可以产生热量，但同时也会消耗热量。要是一开始就剧烈运动，把体力都消耗光了，就只有等死了。

不知道跑了多久，孙迪体力不济，一屁股坐在地上，说她再也跑不动了。

其实谷青也是一样，但他还在鼓励孙迪动起来，因为一停止运动便会感觉到乏累，再加上低温，很容易犯困，一旦睡着，可能永远都醒不过来了。

可不管谷青怎么说孙迪也起不来，生拉硬拽都不行，明显是到极限了。谷青也终于坚持不住，坐在了孙迪身边，而孙迪这时已经昏昏欲睡。

“孙迪，不能睡，睡着了就永远都醒不过来了。你再坚持一下，等天亮就会有人来的，你要撑住。”谷青很焦急，在孙迪的脸上拍了拍，可孙迪只是无力地摇了摇头，用很小的声音说她很困，让谷青不要打扰她睡觉。

“睡什么睡？再困都不能睡，你赶紧醒醒！”谷青急坏了，使劲儿掐起了她的脸。孙迪喊疼，伸手有气无力地拍了下他的手他才赶忙松开。

突然的疼痛刺激让孙迪多少精神了一会儿，但很快就又开始犯困。谷青也有些撑不住了，老想睡觉，使劲儿掐自己大腿都没用。

这时，谷青隐约听到孙迪微弱的声音：“谷青，你知道我为什么要跟你争吗？一开始是因为不习惯有人比我优秀，尤其你还从来都不用正眼看我，我就特别不服气。我更拼命地学习，练习搏击术，可还是比不过你。在一次又一次的较劲过程中，我开始欣赏你。他们开玩笑说我们俩是警校的金童玉女，我其实……挺开心的。”

听了孙迪的话，谷青精神一振，竟恢复了几分力气，嗫嚅着问道：“你……你什么意思？你喜欢我呀？”

谷青平时在学校表现得很冷酷，不怎么搭理女孩儿，看上去对儿女情长丝毫不感兴趣，其实只是因为不擅长与异性相处。孙迪的努力他看在眼里，也很欣赏，同学们的取笑虽然让他很尴尬，但他心底并不反感，只不过他一直以为孙迪非常讨厌他，早早就断了自己的念头。万万没想到，生死关头，孙迪居然向他表白了。

孙迪并没有回答，默默靠上谷青的肩膀，不再说话。谷青以为她昏过去了，低头扶着她的肩膀，着急地喊道：“孙迪，你醒醒，你可千万不能睡！我……我跟你坦白，我一直都很喜欢你的，你听到了吗？”

孙迪眼皮都撑不开了，目光开始涣散，强撑着有气无力地说：“我听到了，那咱们现在……就是男女朋友了啊，你可不能……不能反悔。谷青，我好困啊，我想睡觉……”

孙迪的声音越发微弱，眼睛不受控制地合上了，谷青没有办法，只好把她抱在怀里，一遍又一遍地叫着她的名字，跟她说话。

就在谷青也撑不住，要闭上眼的时候，突然“咣当”一声响，冰窖的铁门被人打开了一条缝。谷青一个激灵睁开双眼，得救了！

他看不见是谁打开了冰窖门，门外再没有什么动静，那人好像开了门便走了。谷青等了一会儿，轻轻将孙迪扶至墙边倚靠着，然后挣扎着站起来去开门。

门一开，晚风吹进冰窖，谷青瞬间感觉身体开始回暖了，疲惫感也消失了不少。他警觉地扫视了一圈，没看到任何人。难道是凶手放过了他们？无力多想，谷青又赶紧返回抱出孙迪。

室外的温度让孙迪恢复了些许，她睁眼问道：“我们得救了吗？”见谷青点头，她如释重负地笑了笑，便再次闭上眼，睡了过去。谷青本想抱她回家，忽然眼前一黑，倒了下去。

不知道过了多久，谷青睁开眼睛，发现自己还在冰窖门口，太阳已经升得老高了。孙迪还在沉睡，面色已经好了很多，看样子没有大碍。

谷青晃了晃脑袋，想让自己清醒一些，头却更晕了，看来是感冒了。他迷迷糊糊地站起身，叫醒了孙迪。孙迪也感冒了，嗓子有些哑，所幸没被冻伤。

两人互相搀扶着朝前走，孙迪不解地问谷青：“你知道昨晚是谁开的门吗？”

谷青也在想，可他却不太相信自己分析出来的那个答案。

知道他和孙迪被困在冰窖的只有那个凶手，而且对方在打开门之后就消失得无影无踪，明显是不想让他们看到。也就是说，把他们放出来的很可能就是那个凶手。但谷青怎么也想不通，对方既然已经把他们困在冰窖里了，为什么还要放他们出来？这实在太不符合常理了。难道自己不是凶手的目标？还是说凶手不想牵连无辜的孙迪？

谷青和孙迪正往回走，迎面看到了谷宏。

“青子，你们跑哪儿去了？你四叔出事了，在老土地庙那里。”

后堂村有一个很破旧的土地庙，已经荒废很久了。

听到父亲的话，谷青心里“咯噔”一下，三人急急忙忙往土地庙赶，到那儿的时候看到已经有一些村民围在外面了，但没人敢进去。

“青子，你四叔就在里面……”走到土地庙门口，谷宏的脸上现出惊惧之色，不肯进去。

谷青知道四叔肯定遭遇不测了，而且死状不会好看，否则父亲不会怕成这样。

他点了点头，随后便和孙迪一起进了土地庙。

土地庙一共有两个房间，一个房间里供着土地公公，另外一个房间内供着山神，只不过他们的雕像都已经被毁坏了。

第一个房间是土地公公的，看上去并无异状，谷青便进了供山神的屋子。

一踏入那个房间，谷青脸色顿时巨变，孙迪捂着嘴转身跑出土地庙，“哇哇”地吐了起来。

谷青和孙迪没少接触死人，但谷运的死状，估计就算是见惯了死亡场面的老刑警、老法医都受不了。

谷运的尸体是躺倒在地上的。或者说，是从供桌上掉下来摔倒在地上的。

来的路上谷宏告诉了他们尸体的发现过程。谷运的尸体被裹了层泥，塑成了菩萨的模样摆坐在供桌上，村里几个顽皮孩子跑来捉迷藏的时候不小心把他撞倒了，封泥散落一地，露出了底下的尸身。

尸体本身没什么可怕的，可怕的是他的腹部似乎被掏空了，又被缝合起来，摔下来时缝合线被扯断了一部分，豁口处有很多黄黑相间的东西流出来，不用看，光闻就知道那全是粪便。

凶手行事越来越残忍，也越来越恶心了。谷青不明白他为什么要这样做，难道真像张局说的那样，是仿照《地狱手册》，想让死者永不超生吗？谷运被掏出来的内脏又在哪里？

谷青开始四处查找，发现谷运的衣物被很整齐地摆在供桌的一边，这就说明，凶手行凶的时候很从容。谷青推测，四叔应该是他昨晚被困冰窖期间遇害的。不过这样一来基本就排除了小姑父作案的可能性，因为昨天晚上五姑给他送纸条前他和孙迪就跟小姑夫妻俩在一起，五姑一发现纸条就赶紧去找他了，小姑父不具备塞纸条的时间。

现场的线索不多，谷青又仔细地看了一圈，突然发现地上铺的枯草底下似乎有东西，他揭开一看，是一枚黑色的纽扣，看样式像是中山装上的。

他没有手套，也没有证物袋，只好小心地放回枯草，保持原样，而后出了土地庙。

“青子……”见他出来，谷宏叫了他一声，眼角还带着泪。谷青忙上前安慰。

谷宏擦了擦眼睛，问道：“杀你四叔的人有没有留下什么证据？”

谷青下意识想说有，又想到办案需要保持隐秘性，于是摇头说："没有。凶手把现场处理得很干净，我什么都没找到。"

谷宏叹了口气，不再说话，背着手慢慢离开了。

看着父亲落寞的背影，谷青觉得一阵心酸。

谷家二代四兄弟，现在就剩父亲一个了，凶手的下一个目标或许就是他，要是父亲也被杀的话……谷青不敢往下想。

这时，差不多与谷青同时得知消息的戴勇和唐寒也赶了过来，他俩已经第一时间通知了张志东，等着技术人员赶来勘查现场，运送尸体。几人不敢耽误，开始一个个询问围观的村民，可什么收获都没有。谷青深感挫败，只能寄希望于那枚纽扣。

在技术人员赶来之前，必须把现场保护好，以免遭到破坏，于是几人商定轮流看守。得知谷青和孙迪被困冰窖一整晚后，戴勇催二人赶紧先回去休息，吃过饭再来接替。虽然谷青还想在周围寻找一下谷运的内脏，但孙迪看起来很虚弱，他也不放心父亲，于是接受了戴勇的提议。

回到家后，谷青让孙迪先到自己房间休息一会儿，然后便去找父亲。谷宏正呆呆坐在厨房的灶膛口，神情木然，火光映照在他布满皱纹的脸上，看起来几乎要与身后的木柴融为一体。看着这样的父亲，谷青顿时体会到了人们常说的心头压了块巨石的感受。

"爸……"

谷宏闻声，终于动了动，身上又有了一丝生气。看到儿子，他扯了扯嘴角，努力想扯出一丝微笑，却失败了。他颓然垂下头，说自己的兄弟都被害了，要是凶手真找上他，他就能去九泉之下见父亲和哥哥弟弟了，然后又突然发狠说，如果凶手找他，他就跟凶手拼老命。

谷青既心酸又心惊胆战，却说不出一句劝慰的话。

第七章 迷雾背后

“居然往死者肚子里填粪便，这凶手可真不是一般地恨你们谷家。”张志东带人赶到土地庙后，不由感叹了一句。勘查完现场，交代其他警察运送尸体后，他走到谷青身侧，拿出烟来，两个人各自点上。

“孙迪呢？老戴说你俩被困在冰窖一整晚，没事吧？”张志东问。

“没什么大碍，休息一下好多了。她去叮嘱我五姑和小姑注意安全了，让她们尽量不要一个人待着。小姑还好，有小姑父在，但五姑父带着儿子外出打工，五姑一个人在家，不太安全，或许让她直接住进邻居家要好点儿，以防万一。”

“看来咱们的人手有些不足啊，要不然可以看住每一个谷家人，凶手也不至于在咱们眼皮底下杀人。我已经在局长面前说了不用其他支队的人，那咱们就联系老师，请他帮忙吧。”说完，张志东将烟头扔在地上，狠狠地踩灭。

谷青有些搞不懂张志东为什么不愿意让别的支队帮忙，据他所知，张局上回提议的王牌支队里可都是精英，尤其是队长马涛，当年也是警校的风云人物，不管是在刑侦方面还是在犯罪心理学方面都无人能及，警校的老师们至今提起他还一脸骄傲，如果有他帮忙的话，或许案子的进展会快得多。

谷青说出自己的疑惑。张志东犹豫了下，说：“马涛是很优秀，但你知道他们支队为什么会被称为王牌吗？”

谷青摇头。张志东继续解释道：“马涛是马超的哥哥，兄弟俩虽然一样令人反感，但弟弟是因为无能还不求上进，哥哥则刚好相反。马涛这人，说好听点儿叫疾恶如仇，刻薄点儿可以说是急功近利。他眼里只有案子，没有人。之前还对犯罪嫌疑人动过手，打得不轻呢，结果最后证明人家是无辜的，他因此还背了处分。这两年虽然收敛了很多，但本性难移。要是他带队来查这个案子，只怕凶手还没把后堂村搅乱，他就把村民都吓跑了。”

于是谷青不再说什么，随口问起李力的事，张志东说还没抓到人。李力这人，别看不会伪造现场，逃跑功夫却是一流，就跟消失了一样，哪里都找不到他人。

谷青没有跟回市局验尸，村子里没人盯着不行。张志东又留下几个来协助调查的镇派出所民警，说多几个人或许能帮上什么忙。

凶手行凶的唯一规律是针对谷家人，他先杀死了谷河，然后杀了马慧娟、谷江，现在又杀了谷运，接下来会是谁谷青心里也没数。五姑和小姑那边已经有孙迪提醒，谷青想了想，又拜托唐寒带两个民警去看看，和孙迪各守一家，并请他转告孙迪，如果发现凶手，千万不要轻举妄动；老戴则带着另一个民警住进了谷德家，好保护他们；谷清芳已经嫁出去了，早就不掺和谷家的事，想来不会被凶手盯上。谷青自己则急匆匆地赶了回去，守着父亲。

谷宏并没有休息，而是坐在床头抽着旱烟，因为没开窗，所以屋子里很呛，谷青想把窗打开，却被谷宏拦住了。

“别开，你大伯他们可能会回来。”谷宏灭掉烟，用略带惊恐的声音对谷青说。

谷青皱着眉头，问父亲这话是什么意思。

“我刚才看见你大伯他们了，他们说会在那边等我，很快我就会与他们见面。青子，爸不怕死，但爸还没有看到你娶妻生子，我不想带着遗憾离开。”说到这里，谷宏低声哭了起来。

“爸，我知道大伯他们的离去让你心里不好受，你放心，只要有我在，谁都伤害不了你。”

这一刻，谷青忽然感觉父亲老了。他从小便和父亲相依为命，还从来没见过父亲哭，可今天父亲哭了两次，还说出这样的话。他应该是认为凶手接下来的目标就是自己，产生幻觉了。

谷青觉得自己很无能。从小父亲就常给他讲狄仁杰、包青天的故事，他也一直以抓坏人、保护好人为理想，报考警校的初衷就是保卫群众的生命安全，可现在他连自家人都保护不了，还无法寻到凶手。

“爸……”

握着父亲的手，谷青没有再多说什么，在心底暗暗发誓，一定不会让父亲出事，而且一定会将凶手抓住，绳之以法。

这一晚，谷青睡得很不踏实，整夜都在做着同一个梦，他梦见父亲被凶手害了，却无法看清楚凶手的脸和父亲的死状。

浑浑噩噩到早上，谷青睁眼便听到父亲在外面跟孙迪说话。孙迪应该是抽空过来跟他沟通情况的，只是他还没起。谷青听到她提出帮谷宏做早饭，却被拒绝了。

谷青轻手轻脚地起了床，却并不着急出去，躲在房间里听孙迪跟父亲交流。父亲早已拿孙迪当儿媳看，跟她聊天时语调都轻松了不少，谷青不由感到安慰。

他很长时间没回过家了，回来也很少进父亲的房间，此时他一边享受着这片刻的安宁，一边漫无目的地在房间里踱起步来，左看看，右瞧瞧，无意间瞄了一眼旧衣架，愣住了。

衣架上挂着件老旧的中山装，上头的纽扣跟他在土地庙发现的那枚纽扣一模一样。土地庙里的纽扣作为物证已经被带走了，但谷青当时观察了很久，记得一清二楚，它的色泽跟磨损程度和父亲这件中山装上的纽扣都差不多。他抖开了衣服，寻找是否有缺失纽扣的痕迹，然后绝望地发现，衣服左胸部口袋位置的一枚纽扣不见了。

恐惧的情绪在他心底蔓延，他拼命否认着脑子里可怕的猜想。不会是父亲，村子里穿同款中山装的人不少，也许只是巧合呢？或许是自己记错了，那枚纽扣跟父亲这件衣服上的其实没有那么相像。至于衣服上缺失的纽扣，或许是父亲干活时不小心掉的呢？

可怀疑的种子一旦种下，再怎么否认也无法根除。谷青腿一软就坐到了地上，脑子一片空白。

这时孙迪推开门喊他起床吃饭，吓得他一哆嗦，赶忙从地上爬起来，慌慌张张地问："怎么了？你刚刚说什么？"

"喊你起床吃饭啊。你怎么了？脸色怎么这么难看？生病了？"

孙迪上前要摸谷青的额头，被谷青推开了。他努力平复着心情，说："没什么，我就是有点儿饿。"说着把父亲的衣服挂回到衣架上，一转身却发现父亲正从门外走过，似乎还看了这边一眼。

谷青心乱如麻。他从未怀疑过父亲，虽然一枚相似的纽扣不能证明什么，可万一呢？他根本不知道接下来自己应该怎么办。将父亲当作犯罪嫌疑人调查审问肯定是不可能的，可如果隐瞒这件事，自己算什么？但一直想把儿子培养成警察的父亲真的会是凶手吗？

跟着孙迪走出房间，在餐桌旁与父亲的视线交错时，谷青慌乱地低下头，觉得无法再与父亲对视。

"青子怎么了？怎么脸色这么难看？"谷宏问孙迪。

孙迪疑惑地摇头说："不知道，他说是因为肚子太饿了。叔叔，我去给他盛碗饭吧，您先吃。"

聊了会儿天后，两人亲密了许多，谷宏也不跟她客气，说："那你给他多盛点儿，青子饭量不小。以后你也帮我看着点儿他，他一忙起来就会忘记吃饭。"

孙迪脸一红，说："知道了，叔叔。"

看样子孙迪已经把俩人的事告诉父亲了，那父亲应该不会对她下手吧？

谷青被自己的想法吓了一跳，只是有嫌疑而已，自己居然已经把父亲想成凶残的杀人犯了。可如果是父亲的话，很多疑点就都说得通了，比如，一向老实巴交的他是最有可能把几个兄弟叫走的，叔伯们对他不会防备；也只有父亲会在明明可以冻死他和孙迪的情况下却又放过他们，而且次日父亲都没有追问他们头天晚上在哪里的事，当时四叔之死占据了他的心神，虽然觉得奇怪却没放在心上，此时想想，实在是不寻常。可如果是父亲杀了几个兄弟，他到底是为了什么？兄弟间再不和也有血缘关系在，更何况还用那么残忍的方式杀人。

谷青脑子很乱，一直胡思乱想，孙迪给他夹了满满一碗菜他都没注意到，机械地低头扒饭。

谷宏见状，敲了敲饭桌，说：“你这是怎么了？丫头昨晚熬了一宿，大早上又是给我帮忙又是伺候你的，你连句谢谢都没有，真是不像话。”

谷青扭头一看，见孙迪眼下有很重的黑眼圈，不由有些愧疚，在桌子底下轻轻握了下她的手。孙迪扭头冲他笑了一下，红着脸低头扒饭。

吃完饭，两人出了门，孙迪正说着他两个姑姑家的情况，谷青突然开口道：“孙迪，要不你回市里吧，这里太危险了，我不放心你。”

“不要。我有什么危险的，一般男人三五个一起上都打不过我，我才不怕那凶手。我一直很好奇，凶手为什么要以这种方式杀人？他的杀人动机又是什么？不弄清楚这个，我会睡不着觉的。而且现在你叔伯们都遇害了，我也不放心你爸。”

谷青心情复杂，不知该不该告诉孙迪父亲有嫌疑。他其实想独自查清楚这件事，不想把孙迪卷进来。虽然一万个不愿意那样想，但万一真的是父亲，自己是绝对不会受伤害的，可孙迪就不好说了。但他深知孙迪的脾性，知道自己说服不了她，只好叹了口气说：“好吧，那你答应我，绝对不会一个人行动，去哪里都一定要叫上我。”

孙迪知道谷青是关心她，心里甜滋滋的，突然踮脚亲了谷青的脸颊一下，说：“你以后要叫我小迪，我爸妈都是这样叫我的，听到没有？”

谷青愣了一下，正想说话，突然听到张志东喊他。他转过身，看到张志东就站在他们旁边的巷口，跟在他身后的还有二人的老师夏龙。

夏龙是警校教官，已经五十九岁，带出了许多优秀的警界精英，学生遍布全国各地，可谓是桃李满天下。

两人身后还跟着几个人，全都是警校的教员，手中拿着各种检测设备。最让谷青想不到的是，马涛也来了。

马涛的年纪看起来比张志东略大些，他虽然不是夏龙的学生，但夏龙十分赏识他。张志东对他则一副爱搭不理的样子。

“青子，为了你们村子的案子，我可是豁出去了，要是校长知道我把这些东西都带了出来，肯定跟我没完。”夏龙笑呵呵地说道，然后叫谷青领他们去他家，找地方让那些教员将设备放下。

老师亲自出马，谷青本该高兴的，无奈现在父亲有很大嫌疑，他一方面担心父亲被证实是凶手，另一方面又隐隐期望着父亲的嫌疑被洗清。到底要不要告诉他们？

他忧心忡忡地带着一行人回了家。父亲已经出门干活了，虽然有些羞愧，但他其实隐隐松了口气。

“你们村子的凶杀案已经惊动了省里，省领导下了指示，让市局尽快破案，不能再出现命案了。马涛带来了几个他队里的人，已经开始在村子里摸排调查了。”说着，夏龙向谷青介绍马涛。马涛微笑着跟谷青握手，倒是没什么架子。

张志东撇了撇嘴，一脸不屑。

“谷青，你从头开始跟我详细说一遍案情，虽然志东已经跟市局汇报过了，但我还是想听你说说。”马涛很快便切入了正题。

谷青强打起精神点了点头，从爷爷的死开始说起，一直说到昨天发现谷运的尸体，马涛静静听着。

“夏老师，您有没有听说过《地狱手册》？”等到谷青说完，马涛才朝夏龙问道。

夏龙点头：“当年那起案子轰动了整个警界，我哪能不知道。”

“这起连环杀人案跟当年那起十分相像，凶手会不会是得到了像《地狱手册》一类的东西，然后按照上面的方法杀人？谷江和谷运的尸检结果能够证明这一点，他们的死法都很诡异，只是想杀掉他们的话完全没必要采用那样的方式，太容易留下破绽，也容易被目击到，这就说明，对凶手来说，死亡是不够的，死亡的方式才是关键。这个犯罪模式与当年‘《地狱手册》案件’的性质类似，这个凶手很可能也是想用这种方法让死者下地狱，永不超生。凶手一定跟谷家有着极深的仇恨，要不然不会只杀谷家的人。”马涛听完谷青的讲述便做出了总结，跟谷青他们先前的推论基本一致，只是现在谷青却不这么想了。

“这个推论我们之前已经总结过了，我们现在需要的是有建设性的意见。接下来应该怎么查，怎么找出凶手，这才是最重要的。”这时张志东顶了一句。

马涛看了他一眼，接着说：“前三起凶杀案的证物我都看过，那些东西在村子里随处可见，但昨天这起却不一样，凶手所用的泥并不多见，我们可以找出那些泥都是从哪里挖来的，看看凶手有没有在现场留下痕迹。”

张志东却很不以为然，觉得以凶手的谨慎程度，不可能在现场留下什么蛛丝马迹。

将近中午的时候，有消息传来，说已经查到那些泥是从村子后山的一块地里挖来的，而且有人见到谷青的小姑父梁子栋前天在那儿挖过泥，警察还在他家里找到了沾着泥的鞋子跟衣服。

“我小姑父前天在那儿挖过泥？”谷青不敢相信。

“梁子栋已经被我们控制起来了，现在就在村委会。”前来报告的刑警又补充了一句。

马涛点头，决定先去询问一下梁子栋。众人便起身带着仪器一起前往村委会。

一路上谷青心乱如麻。凶手真的是小姑父？那父亲是不是清白的？还是说两个人其实是同伙？

他们到了村委会，却发现两个刑警躺在地上，昏迷不醒，而梁子栋早已没了踪影。

第八章

惊险追捕

梁子栋在被控制的情况下袭警后逃跑，杀人的嫌疑一下子就增大了许多。谷青此前排除过小姑父的嫌疑，这么看来是自己想错了。那关于父亲的嫌疑是不是也是自己想错了？谷青打心底里不希望杀死这么多谷家人的凶手是自己人，但从私心上讲，小姑父和父亲之间，他宁愿凶手就是小姑父。

“对村子展开搜捕，一定不能让梁子栋逃走。”马涛果断下令。

梁子栋曾经当过缉毒武警，身手了得，擅长丛林战，谷青分析他应该是躲进了山里。因为出村的路只有一条，他要是往那边跑，一定会被人发现。

搜山可是需要很多人手的，而且村子里也不能不留人看着。谷青找到了唐启田，拜托他召集青壮年上山去搜寻小姑父，并叮嘱他们至少要两人结伴同行，如果发现对方行踪，一定要先通知警察，切勿擅作主张。

谷青正打算进山的时候，谷小美找上了他，拉着他的手不让他走，哭诉道：“青子，你小姑父不是杀人凶手，他不是！”

“小姑，如果小姑父不是凶手，我们会还他清白的，你如果知道他在哪儿就告诉我，他这样做只会让他的嫌疑更大。要是你能见到小姑父的话，你劝劝他，让他来自首。就算你不相信别人也应该相信我，我不会让小姑父蒙冤的。”

谷小美哭个不停，说自己不知道梁子栋藏在哪儿。谷青安慰了她一番，心虚地摆脱她进了山。

孙迪跟他一路，两个人朝着西边进发。

谷青从小就在山里摸爬滚打，相对更熟悉地形，按照他的分析，小姑父很有可能朝西边跑了，虽然那里的山路不好走，但能通到邻村下堰村。下堰村不像后堂村，那里通车，能让梁子栋在最短的时间逃离这里。

不过谷青也不敢肯定，小姑父的反侦查能力很强，他能想到的小姑父也同样能想到，所以他并没有把这个可能说出来，而是想独自去验证。可孙迪似乎察觉到了谷青的异样，死活要跟着他，没办法，谷青只能带着她一起。

走了一个小时左右，树木开始变密了，还有很多草丛，很利于隐藏。

一路上谷青都没有发现小姑父的踪迹，如果他躲在附近的草丛里，那他们再往前走的话就会扑空。

“谷青，你觉得凶手会是你小姑父吗？”

谷青摇了摇头，说：“我不确定。从客观上讲，他有嫌疑，但从主观上讲，我并不希望杀人的是我小姑父。”

孙迪很严肃地说：“你希不希望都好，现在一切证据都对你小姑父不利。我刚到你们村子的时候就跟你说过，你小姑父的嫌疑最大，你却不信。现在他畏罪潜逃，这种危险人物如果不尽快抓住，恐怕还会有人丧命。”

“可我真的搞不懂，他为什么要以那么残忍的方式杀那么多谷家人？他跟小姑以外的谷家人的关系一直比较冷淡，但没有深仇大恨啊。算了，马队长已经通知了市局，市局会组织警力把周围的村子全部封锁，他插翅难飞。等抓到他，就知道原因了。”谷青摇了摇头，心里满是惆怅。

他们路过了一片高高的草丛，谷青停下了脚步，蹲下来捡起一根枯树枝。

“怎么了？”孙迪问。

“这断口是新的。”谷青把树枝递给她看，小声说道，然后抬头看向旁边的草丛，那里有人踩踏过的痕迹，开了一条并不显眼的小路，直通草丛深处。

孙迪是急性子，扔了树枝就循着谷青视线的方向快步走进去，谷青赶忙跟上。

两人悄悄地往里走，除了草擦在衣服上的声音就没有别的动静了，让人心里又是压抑又是紧张，生怕惊动了里面的人。

突然孙迪一声轻呼，猛地加速，谷青知道她肯定是有发现了，忙快步跟上。

只跑了十来步谷青就吓得停住了脚步，因为他透过草丛的间隙看到前方不远处有一片空地，空地中间竖着一个用小腿粗的木棍搭起来的十字架，十字架上绑着个血人，耷拉着脑袋，不知是死是活。

两人双双冲出去，认出十字架上的人后谷青立马就急红眼了，一声大吼。十字架上绑的人居然是他父亲谷宏。谷宏的衣服被扒得只剩内裤，身上被划了很多道伤口，密密麻麻的，伤口还在流血，把他的身体染成了红色。除此之外，现场再没有别人。

谷青急得都要爆血管了，和孙迪一起手忙脚乱地给父亲松绑。幸好谷宏还有口气在。他艰难地睁开眼，看到谷青，有气无力地说："你来了？"

谷青双眼红肿，说："爸，你别说话，我先给你止血。"

他撕了自己的上衣给父亲包扎，发现那些伤口都是皮外伤，看着虽然吓人，但并不致命。只是父亲流了太多血，最好尽快送到医院。

孙迪边拿对讲机呼叫支援边站起来观察，没多一会儿便跟谷青说："凶手应该是在我们进来的时候跑的，我去追他。"

"别！你打不过他。"谷青吓一跳，忙拦住她。

就在这时，散落在孙迪脚边的杂草猛地扬起，等谷青惊魂稍定再看，孙迪已经被梁子栋挟持了。

原来梁子栋一直潜伏在地上的草堆里，可能是听到孙迪呼叫支援，害怕晚了跑不掉，就突然爆起抓人质。

"小姑父，你放了她。"

梁子栋盯着他，说："青子，我不想伤害你和你同学，请你们放过我，不要再追了行不行？"

谷青摇了摇头，说："小姑父，不是我们放不放过你的问题，现在你已经成了通缉犯，就算你今天逃跑了，始终还是会被抓到的。小姑父，你已经犯了错，不能再错上加错，先把孙迪放开吧。"

此刻的梁子栋仍旧十分镇定，谷青不敢轻易动手，而且他也没信心能在保证孙迪安全的情况下摆平他。

谷青在警校是格斗冠军，但以前的对手都是互相切磋的同学，没有实战经验，而梁子栋曾是缉毒武警，以前所面对的全都是亡命之徒，就算他没有在孙迪的脖子上架把刀，谷青也没信心能打败他。

“那是我的问题，我现在只求你们不要再追我，不然我不会手下留情的。”梁子栋说完，猛然一把将孙迪推向谷青，转身便跑。

“小姑父，难道你要一辈子当通缉犯吗？难道你就不管我小姑和你家虎子了？”

梁子栋和谷小美育有一子，叫虎子，刚刚七岁。

听到谷青的话，梁子栋身形一顿，但接着便加快速度，很快就消失在谷青的视线之中。

“谷青，你照顾叔叔，我去追。”惊魂过后，孙迪仍旧一点儿没有退缩的意思。

“站住！别去了，你打不过我小姑父的，他真的会杀了你的！”谷青朝她吼道。

突然一声枪响从梁子栋逃跑的方向传来，孙迪急忙跑过去。谷青急了，一咬牙，猛一用力把已经昏迷的父亲横抱起来追了上去。

他一赶到，便看到张志东和马涛拿着手枪对着小姑父。小姑父的腿上中了弹，鲜血不断地往外流。

“刚才你小姑父差点儿把我的喉咙抓破，没办法，我只能开枪。”张志东解释道。

马涛拿出手铐，朝着梁子栋走去，但他另一只手上的枪却没有放下，始终指着梁子栋。

“马队，我来吧。”

谷青把父亲放下让孙迪照看，然后走到马涛身前，将手铐接了过来，走到梁子栋身后，将手铐铐在了他的手腕上，又撕了条布条绑在他的伤口上，这才把他扶起来。

“赶紧下山吧，先把他的腿伤处理一下，然后马上审讯。”马涛说道。

一行人下了山，回到了村委会，谷青赶紧找来村里的赤脚医生处理父亲和小姑父的伤口。父亲的伤并不严重，只是有点儿缺血。他放下心来，和张志东、马涛一起审讯起梁子栋，在场的还有夏龙和孙迪。

“梁子栋，十月十三日，谷河被人吊死在村子的谷仓里。十月十六日，他妻子马慧娟也被吊死在谷仓里。十月十八日，谷江被害，尸体的臀部和口中分别被刺入一截木棍，固定在村子后山的一棵树上。十月十九日晚到十月二十日上午，谷运在土地庙被人掏腹泥封。这一切是不是你做的？说说吧。”问话的是马涛，他志得意满，只待梁子栋承认。

“是我做的又怎么样？”梁子栋承认得很痛快。

“嗯，你承认就好，现在你告诉我们，为什么要杀他们？谷家人做过什么对不起你的事吗？”

“因为他们都想把那个听风瓶独吞了，不分给我媳妇，我一气之下就杀了他们。”

“那你为什么要以这种手法杀人？”张志东接着问道。

梁子栋笑了笑，说：“你听说过《地狱手册》吧？我手里有一本，那里面记载的杀人手法可不止这几种。他们不想分钱给我们两口子，我就要他们下地狱。”

几人不由皱眉，没想到梁子栋真的有《地狱手册》。

“那《地狱手册》在哪里？”

“烧了，反正我都记住了，留着也没用。”

“抽干他们的血是《地狱手册》教你的吗？”

梁子栋点头，说书上说了，没有了血的人在地狱中会受到最残酷的折磨，因为地狱很讨厌无血之魂。

“那你说说，你都是怎么实施犯罪的。说详细一些。”这时夏龙开口了。梁子栋笑了笑，把杀人的手法说了一遍。

首先是谷河夫妻，梁子栋说他利用听风瓶的事情把谷河骗到了谷仓，将其打晕，抽了他很多血。那是他第一次动手，心里多少有些慌张，不敢耽搁太久，抽完血后见谷河还有微弱的呼吸，就利用从杨家的冰窖偷来的几块冰把谷河挂到了房梁上，没一会儿谷河就断气了。

冰是最不容易留下痕迹的，当时他还戴了手套和鞋套，事后又清理了一遍现场，确认什么都没有留下才离开。

因为马慧娟曾经侮辱过谷小美，所以他决定用同样的方法把她也干掉。他找到马慧娟，跟她说谷河留了东西在谷仓，只要拿到那东西就能知道凶手是谁了。

马慧娟没有怀疑，去了谷仓，结果被梁子栋以同样的方式所杀。不过马慧娟不姓谷，所以梁子栋没有抽她的血。

他以这种手段杀人，一是为了让他们下地狱，二是想制造诡异气氛，好掩饰他杀人的事实。

梁子栋对自己杀人的手法很满意，只是遗憾在杀马慧娟的时候因为时间仓促，在现场留下了一些痕迹，被谷青和张志东发现，于是他舍弃了鬼魂杀人的噱头，直接挑衅警方，这让他很有成就感。

谷江的死因是失血过多。有了前两次的成功，梁子栋越发胆大，这回他慢慢抽干了他的血，然后在深夜用小推车将他的尸体和提前备好的工具推到树下。

他是用滑轮把尸体弄到树上的，因为树枝无法承受两个人的重量，所以梁子栋根本就没上树，而是借助木匠梯爬上去用铁丝固定谷江的尸体，木棍上的孔是他事先打好的。

接下来便是谷运。梁子栋以同样的方式让他失血过多而死，而后将其剖腹泥封。他说他挖泥时已经非常小心了，没想到还是让人看到了。

至于那些血和谷运的内脏，梁子栋交代说他全掺杂在猪食里喂了猪。这一切谷小美全不知情，他只是在发泄私愤而已。

“你说你是把他们打晕后抽血的，可我们并没有在尸体上发现伤口。”张志东突然问道。

梁子栋一怔，随即冷冷地说道：“怕是你们没验仔细吧。”

谷河和马慧娟的尸体确实没有经过仔细的解剖，但谷江的尸体张志东和谷青检查得很仔细，除了几个针眼，确实没有伤痕。

马涛冷哼一声说道：“谷江和谷运的尸体都还在市局，回去复检一下就知道了。”

梁子栋所说与凶案基本吻合，其他细节回市局后再核对也不迟。一众警察互相看了看，脸上现出了欣慰的表情，意思是这案子终于破了。

“小姑父，听风瓶在你手里吗？”谷青问道。

“不在。谷江一口咬定说丢了，我不信，但不知道他到底把瓶子藏哪儿了。本来以为之后总能慢慢找到的。”

“那你能告诉我，你为什么要在偷了爷爷的尸体之后封棺吗？还有，爷爷的尸体到底在哪里？

其他人都觉得案件破了，可谷青心中仍有不少疑惑。

“你爷爷的尸体已经被我烧了，骨灰被我撒在了山上。至于为什么封棺，很简单，我想让村子里的人都认为你大伯不孝，先恶心恶心他，逼他去跟你二伯闹，这样一来，我杀你二伯之后，即便有人不相信是鬼魂作祟，嫌疑最大的也会是你大伯。”

这个解释听起来很合理，但谷青总觉得哪里不对，他盯着梁子栋的眼睛，面色沉重。

“小姑父，你知道如此多的细节，我相信你是凶手，但凶手肯定不止你一个，另一个人才是主谋吧？你说出来吧，那样你的罪过可能会轻一些。”谷青试探着说。

他不怎么相信这起连环杀人案只有一个凶手，因为梁子栋的杀人动机太可疑了。要不是梁子栋对父亲下过死手，他甚至不相信梁子栋是真凶。为钱杀人并非不可能，但杀这么多人就太夸张了，而且还抱着让死者不得超生的恨意，这不是一个值钱的瓶子就能解释的。更何况这瓶子在哪里，目前谁都不知道。

因为父亲差点儿被杀，他已经摒除了父亲的嫌疑，这让他松了口气，之前果然是自己想多了。但他始终觉得这案子不会那么简单，梁子栋之前拼死抵抗如今却交代得这么痛快的态度转变也有点儿奇怪，而且谷青也不相信他打晕过几个死者。

谷青又说：“刚刚你说把我爷爷的骨灰撒在了山上，那你告诉我撒在哪里了。我们这里有化验的仪器，完全可以比对出那到底是不是我爷爷的骨灰。你能帮主谋扛下命案，我想应该是受到了什么威胁吧？就像赵老憨一样。”

谷青想起了赵老憨的事情，觉得也不是没有这种可能。不过梁子栋跟赵老憨还有些不同，赵老憨只是顶罪，却说不出细节，而梁子栋能把杀人手法说得那么清楚，所以他肯定也参与了，意图杀谷宏的事就可以佐证。

“青子，你就不要白白浪费口舌了，我已经全交代了，不管你信不信，事实就是这样。我已经不记得把你爷爷的骨灰撒在哪里了，所以不能带你们去查看。好了，该说的我都说完了，怎么处置那是你们的事情，我只有一个要求，我想见一见我的家人。”

此时的梁子栋变得十分颓废。张志东看了其他人一眼，随后摇了摇头，说道：“恐怕不行，你会被带到市里的拘留所，你家里人需要申请才有可能见到你。”

马涛叫进来几个刑警，带着梁子栋准备出发。

“难道你们想就这么定案了？”谷青突然起身。

张志东在谷青的肩膀上拍了拍，说道：“青子，你应该清楚，就算你小姑父不是真凶，就凭他承认杀人这一点就要被带走，这是程序。更何况他把杀人的细节都说出来了，完全与案件相符，他不是凶手，谁会是？我不相信这案子还有另一个凶手，因为从头到尾我们都没有发现相关证据，那全是你的猜测。行了，案子也算是告一段落了，这段时间你也比较辛苦，好好休息一下，照顾好你爸，然后归队吧。”

谷青又把目光投向老师，夏龙看着他，说道：“谷青，我对案件了解得不多，不好发表意见，如果你感觉这案子有遗漏，可以继续查，警队那边我会帮你打招呼。”

谷青点头，朝老师道谢。夏龙笑笑，说：“我来这儿也没帮上你什么，但假如这案子另有隐情，我相信以你的能力一定能查个水落石出。好了，我们也该离开了，得在校长知道我把设备都带出来之前还回去。”

夏龙带着几个教员也离开了。孙迪没走，她走到谷青身边，说：“谷青，你要怎么查，我帮你。”

所有的物证都被张志东他们给带走了，不过谷青心里早就打定了主意，这件事有个人应该可以给他答案，就是小姑谷小美。

梁子栋做这些事情，瞒得过别人，却不可能完全瞒住谷小美，只要问问她案发时梁子栋的行踪就可以了。张志东他们认为谷小美作为梁子栋的妻子，即便给他做了不在场证明也不足信，但谷青不这么想。

他拜托村民照看仍在昏迷的父亲，然后跟孙迪出门找谷小美。

谷小美一见谷青就抓着他的手哭诉：“青子，你小姑父没有杀人，你相信我，他真的没有杀人。”

“小姑，我也相信小姑父不是杀人凶手，那你告诉我，出事的那几次，小姑父都在哪里？”其实他是相信梁子栋杀过人的，只是不相信凶手只有一个。

谷青说了下案发时间，但谷小美想了半天，结果几次案发时间梁子栋都没跟她在一起，不是独自干活去了，就是待在其他房间，因为虎子生病了，谷小美这段时间基本只顾着儿子，梁子栋则搬到了客房暂住。可以确定的是，谷运被害时，他整晚未归，回家时天都快亮了。这样看来，他似乎全程参与了杀人，从没有不在场的时候。

难道小姑父真的是唯一的凶手？

这时谷青的小表弟虎子走了出来，小家伙的脸色有些不好，而且瘦了很多，明显是生病了。

“妈妈，我想吃糖。”虎子拉着谷小美的衣角，说话有气无力的，谷小美急忙从身上拿出一颗软糖，剥了糖衣塞进了虎子嘴里。

“虎子怎么了？”谷青摸了摸他的脑袋，朝小姑问道。

谷小美愁眉苦脸地说：“感冒了，整天有气无力的，都快二十多天了也不见好。你小姑父带他出去看了看，说是什么病毒性感冒，得过一阵子才能好。这段时间虎子都不怎么吃饭，可苦了他了。”

谷小美脸上写满了心疼，谷青与孙迪对视一眼，感觉有些不对劲。一般人感冒即便不治，一个星期也差不多能好了，就算小孩子抵抗力差，也不会这么久还一副病恹恹的样子。

“小姑父带虎子去哪里检查的？”谷青问，谷小美说是市医院，该做的检查都做了，就是感冒。

“检查报告还在家吧？我帮你看看是不是哪里搞错了。”

谷青怀疑虎子可能并不是普通的感冒，小姑不怎么识字，估计虎子是得了什么别的病，小姑父怕她担心，所以没跟她说实话。

谷青的两个姑姑都没有上过学，顶多认识几个常用字和家里人的名字。那时候爷爷独自抚养这么多孩子，家里很困难，只能供男孩子读书，女孩子则在家帮忙干活。

谷小美点了点头，转身到房间找检查报告。谷青又请她顺便帮着找小姑父的一本书。

谷小美问："什么书？"

谷青一时语塞，不知该怎么跟她说清楚。谷小美见状，让谷青自己找，说家里就这么大，没什么地方藏书，也没有值钱的东西。

谷青也不客气，和孙迪一起找了起来。

他是想找《地狱手册》。梁子栋说他烧了，但谷青不太相信。

两人找了半天，什么都没找着，谷小美倒是把一堆检查报告给翻了出来。

接过检查报告一看，两人的眉头顿时皱了起来。谷青将那些报告都看了一遍，归还给小姑，说道："虎子的确是病毒性感冒，打针吃药的效果不大，也只能慢慢恢复了。"

随后谷青便和孙迪离开了。

"这孩子真命苦。"孙迪一边走一边说。

虎子患的根本就不是什么感冒，而是白血病。报告不仅有市医院的，还有省级医院的，应该是小姑父一时不能相信市医院的诊断结果，又去省级医院确认了一下。

谷青叹了口气，说道："恐怕小姑父一个人把这件事扛下来跟虎子的病有关。白血病不是不能治，但以小姑家的条件肯定是拿不出那么多钱的。如果凶手得知了这件事，允诺小姑父会拿钱帮虎子治病，以此逼小姑父帮他杀人、顶罪，我想小姑父是会就范的。可治疗白血病需要很大一笔钱，放眼整个村子，没谁能一下拿出这笔巨款，哪怕村子里最有钱的老杨家也不行，除非……"

谷青猛然想起了什么，急忙转身朝谷德家跑去。孙迪忙跟上去。

谷德没在家，只有堂嫂玉凤在，此时她正在给孩子换尿布。

"嫂子，听风瓶是不是在你家？"谷青直奔主题。

梁子栋说谷江至死也没松口说出听风瓶的所在，谷青之前怀疑过谷德，现在又不能确定了。如果有另一个凶手以治病钱胁迫小姑父，那听风瓶很有可能就在真凶手里。他必须确认谷德究竟有没有说谎。

“什么听风瓶，青子你在说什么？”

玉凤面露迷茫之色，好像完全不知道听风瓶的存在。

“就是爷爷留下来的东西，很值钱的，之前长辈之间闹矛盾也是因为这个。”

“爷爷留下的不只是一个破碗吗？很值钱？”听到谷青的话，玉凤更加迷茫，“反正爷爷留下的东西不在这里，之前放在公公屋里，后来公公说丢了。公公出事后，你们不是来找过吗？你哥也一直东翻西翻的，还跑山上和地里找过呢，但到处都没找着。”

第九章

真相大白

谷青回到村委会时，谷宏已经醒了，在小声呻吟。

既然父亲已经醒了，谷青觉得有些问题还是有必要及时问清楚，于是跟父亲说：“爸，问你点儿事，你还有力气说话吗？”

谷宏的精神已经好了很多，只是疼得睡不着觉，听见谷青问话，他呻吟着说道：“你问吧。”

“爸，我在土地庙捡到你那件中山装上的一枚纽扣，你能解释一下究竟是怎么一回事吗？”其实他并不能肯定那枚纽扣就是父亲的，这么说是想看一下父亲的反应。

谷宏一愣，说：“是吗？你怀疑是对的，不过你不说我都不知道那件衣服掉了枚纽扣。你确定你在土地庙捡到的那枚就是我的？会不会只是相似？”

谷青点了点头，觉得自己可能真的记错了。他让父亲好好休息，自己回家帮他取替换的衣服。

孙迪正在厨房做饭，谷青走进父亲的房间，在衣架上翻来翻去，发现都是穿过的脏衣服，便想到衣柜里找一身干净的。这时他无意间瞥了一眼窗台，一声惊呼，走了过去。

“怎么了？”孙迪给他倒了杯水进来，见状也凑了过去。

谷青眯着眼睛在窗边仔细观察。窗是关着的，屋里光线并不好，但还是能隐隐看到窗台上有一道干了的泥印。

谷青一把将窗子推开，发现外面的窗台上还有半个脚印。谷青用手捻起脚印上的土，仔细看了一会儿，一脸震惊地看向孙迪。

孙迪也看出来了，这土跟谷运被泥塑用的泥土的质地极其相似。

谷青回头看向父亲惯常放鞋的床底，孙迪跑过去翻找，什么都没找到，却看到一个大箱子，拖出来一看，发现箱子上了锁。

谷青小时候没少在父亲屋里玩，他走过去在床底摸了下，手抽出来时，掌心里已经多了把钥匙，打开箱子一看，他脚一软，一屁股坐在了地上。

孙迪看着箱子里的东西也震惊不已，入眼的不只是一双沾了泥的布鞋，旁边还放着手套跟鞋套，最边上有个木盒子，打开一看，里面是化妆的东西，边上有个很大的针筒，针尖寒芒逼人，针筒内壁遗留着些凝固的血液，而针筒底下还放着本小册子，打开一看，里面的插图跟几起案件现场一模一样。

真相终于大白了，兜兜转转，凶手居然还是谷青怀疑过的父亲。要不是小姑父突然跑出来，或许他早就能发现这些。

谷青有种豁然开朗的感觉，之前想不通的地方一下子都说得通了。他一直觉得不对劲，现在终于明白是哪里不对劲了。

凶手杀大伯、二伯跟四叔时，为了尽可能抽空他们身上的血，都是从大动脉下手。唯有父亲被割了一身的伤口，虽然看起来很吓人，实际上流血量却不多，并不致命，因为那些伤口流的血短时间内是会凝结的。

还有那枚纽扣，之前谷青尚在纠结时就出了小姑父的事，他一厢情愿地相信是自己想多了，便没有将这件事告诉任何人。如果把父亲那件中山装交给张志东送到检验科，应该算铁证了吧。

小姑父甚至可能从没参与过杀人的事，是父亲胁迫他帮忙布局摆脱嫌疑，胁迫他顶罪。

再联想到之前他和孙迪被困在冰窖的事，为什么冰窖锁死的门会打开？因为凶手是他父亲啊！虎毒不食子，父亲不想杀他，但又需要时间和空间作案，就设局把他跟孙迪困了起来。凶手如果是外人，有那么好的机会，绝对会要了他们的命。

尽管想通了很多环节，但谷青还是不明白父亲为什么要这样做。

父亲不是贪财的人，绝不可能为了听风瓶做出这么残忍的事。那又是为了什么呢？他与几个叔伯之间到底有什么深仇大恨？

这个问题不断在谷青的脑海里回荡着，直到孙迪一脸担忧地摇了摇他，他才回过神来，苦笑一声，站起来说：“走吧，去看看我爸。”

“谷青，这些东西不带着吗？”孙迪小声地提醒他。

谷青摇了摇头，什么也没说，直接走出了家门。

孙迪知道此刻谷青的心情十分复杂，她无法出言安慰，只好默默跟在他身边。

谷青走到门口，看到被包扎得像木乃伊一样躺在床上熟睡的父亲，心里五味杂陈，只期望这段时间的一切都不曾发生过。

似乎感觉到了事情已经败露，谷宏突然睁开了眼，缓缓转过头来，静静地看着谷青。

“孙迪，我想和我爸单独谈谈。”谷青深吸了口气，对孙迪说道。孙迪什么都没说，轻轻地点了点头，转身离开。

“爸……”

谷青拿了一个小凳子，在谷宏的床边坐下，轻轻叫了他一声。

谷宏还是不说话，平静地看着谷青。

谷青不想再拐弯抹角，直接说道：“爸，大伯他们都是你杀的吧？你为什么要杀他们？能跟我说说吗？不要再瞒着我了，刚刚我回家给你找衣服，在你床底的箱子里看到了些东西。”

谷宏一点儿诧异的表情都没有，只是叹了口气问道：“你是怎么发现的？”又说：“算了，不重要了。你大伯他们确实是我杀的。至于原因……青子，你还记不记得你小的时候有次生病，爸爸和爷爷急得不行，那时候正值半夜，怕你出事，我和你爷爷两个人交替着背你，一直背到县城。你在医院昏迷了三天，你爷爷便守了你三天，眼都没合。从那个时候起，我就发誓今生要好好孝敬你爷爷，即便我不是他亲生的，我也会给他养老送终。”

谷青心里一惊，他怎么也没想到，父亲居然不是爷爷亲生的。

“很奇怪是吗？其实我是在八岁那年被你爷爷捡回来的，当时我病得很厉害，都快死了，倒在路边没人管，是你爷爷把我救了回来，找了个老中医给我开了方子，又精心照料了一个多月，才保住了我这条命。那时候你奶奶还活着，她也是个善良的人，老两口见我无亲无故，就决定收留我做养子。当时你大伯和二伯都很不高兴，但没办法改变老两口的决定，便将气都撒在了我的头上。”

谷宏十分平静，好像在诉说别人的事情。

“那时候家里不怎么富裕，只能勉强填饱肚子，你大伯和二伯经常会把我那份儿抢走，让我饿肚子。后来你爷爷奶奶知道了这件事，揍了他们一顿，你爷爷跑了三十多里山路打回来两只兔子，一只烤一只炖，全都给我一个人吃了。自那以后，你大伯和二伯变本加厉，不仅抢我的东西吃，还经常打我，但我都忍了下来，因为我觉得命都是你爷爷救的，被他的孩子欺负一下也没什么。后来，你奶奶又生了小运和小华他们，在生小美的时候伤了身子，没过多久便死了，你不知道你爷爷有多伤心。”

泪水顺着谷宏的眼角滑落，谷青能感觉到父亲的悲伤，起身倒了杯茶，喂给父亲喝。

他没想到父亲的身世这么离奇、凄凉，心里很不是滋味。

“你奶奶走了，你爷爷一下子老了不少。那时候我已经成年了，家里依旧很穷，为了减轻家里的负担，我便外出打工。打工的时候，我认识了你妈妈，你妈妈不仅漂亮，而且特别善良。我有的时候就在想，老天爷对我真是不薄，不仅让我再次拥有了父母，还给了我一个这么好的妻子。你不知道，当时我把你妈带回村子的时候引起了多大的轰动。你妈是县城里的人，家中虽然不算多有钱，但条件还不错。她并没有因为咱家穷就瞧不起我，反而跟随我一块儿到咱们村子生活。我们结婚了，一年之后便有了你。”

谷青心里奇怪，怎么突然就说到母亲了？难道这事跟母亲有关系？他的心莫名提了起来。

谷宏顿了一下，深吸了口气，这才继续说道：“那时候村子里的男人都嫉妒我，包括你的伯伯和叔叔。有了你之后，我想要让你们母子过上幸福的生活，便又出去打工了，可没过多久，村子里的人给我传信，说你妈出事了。当我赶回来的时候，你妈已经死了。你知道她是怎么死的吗？她被你的两个伯伯和叔叔侮辱，悲愤之下，投河自尽了！”

刚刚还心平气和的父亲忽然变得双眼通红，就好像要吃人一般，谷青长这么大，还是第一次见到父亲这副样子。

他自己也是震惊又悲愤，原来母亲是被大伯他们害死的，他一直以为他们只是自私霸道又势利，没想到竟还做过如此禽兽不如的事。这么说，父亲杀他们是为母亲报仇？

谷青对母亲的印象不深，也已经很多年没想起过母亲了，现在听了父亲的话，他的心阵阵绞痛，几乎窒息。一想到父亲这些年一直独自忍受这种痛苦，而他竟毫无察觉，他便愧疚得恨不能以头抢地。

谷宏不比他好受，老半天情绪才恢复一些，朝谷青歉意地笑了笑，说道："对不起青子，这么多年我一直瞒着你，到现在才跟你说这些。"

谷青努力让自己平静下来，双眼微闭，沉声道："当年大伯他们并没有受到法律的制裁吧？我想一定是爷爷向你求了情。"

"没错，是你爷爷求的情，要不然那几个畜生恐怕早就被枪毙了。青子，你别怪爸，你没有看到当时你爷爷那副可怜的样子，我实在是没办法拒绝。"

谷青完全能够想象到爷爷哀求父亲的画面，一定是他跪在父亲面前，老泪纵横，连连磕头，求父亲放过那些叔伯。

如果父亲报警的话，叔伯们这辈子就算完了，爷爷身体本就不好，怕是承受不住这样的打击。父亲的命是爷爷给的，他还没来得及报答，又怎么忍心看爷爷如此呢？

“所以你就把这份仇恨记在了心里，等爷爷去世之后便将他们一一杀死？”

谷宏轻轻摇头，道：“不只是因为你母亲的事情，还有一件事你不知道，你爷爷不是病死的，而是被这几个畜生活活气死的。听风瓶是你太爷爷传给你爷爷的，你爷爷一直都没把这东西拿出来，因为他怕你那些叔伯会因为这东西不和。不过你爷爷却把这事告诉了我。去年过年的时候，你爷爷喝了不少酒，再加上当时他生病了，怕自己时日无多，就把听风瓶的事情说了出来。以前我就劝他不要说，等他去世之后我会把听风瓶放在他的棺材里，跟他一块儿入土，可你爷爷不听，还是告诉了他们。

“结果可想而知，为了这个听风瓶，谷家的兄弟姐妹开始钩心斗角，你二伯最过分，居然和他婆娘对你爷爷动手。你大伯和四叔也不是好东西，百般哄骗你爷爷，想要独吞那玩意儿。你五姑也是如此，整天都来你爷爷这里磨。你爷爷被磨得没办法，就提出把听风瓶卖了，把所卖的钱平分给我们这些兄弟姐妹，但他们却不同意。你大伯说老爷子一直都是由他养着的，他应该多分些；你二伯说前几年你爷爷住院他拿了不少钱出来，理应多得；你四叔则说他是最小的儿子，又还没娶媳妇，应该多分点儿；你五姑更是如此。只有你小姑没有强求。”

谷青明白了，父亲杀人不光是因为母亲，也因为爷爷。爷爷被这群不孝儿女活活气死，再加上他们还害死了母亲，父亲心中愤恨，所以用最残忍的方法将叔伯们杀掉。

因为母亲的事情五姑和小姑都没有参与，而在听风瓶的事上五姑不算特别过分，小姑更是连家产都没强求过，所以父亲没对她们下手。

“你那样残忍地杀死他们，是想让他们下地狱吗？”

“下地狱？哼，以他们这种死法是去不到地狱的，他们的灵魂会以被杀时的形态存活，每天都要重复经历被杀的过程，这比下地狱还要痛苦万分。”

谷宏的脸上现出了解恨的神色，谷青心中悲叹。这个世界上哪有鬼神，人死了就什么都没了。就算有灵魂，也未必像父亲所说的那样，会以被杀时的形态存活，这一切只不过是父亲的想象而已，只因为他心里希望他们受到最严厉的惩罚。

他能理解父亲的心情。一想到母亲的遭遇，他心里也恨。但如果能早点儿知道真相，他一定会阻止父亲选择这种两败俱伤的极端手段。母亲和爷爷已然过世，可他还在父亲身边啊。

“爸，爷爷死后出现，是你的杰作吧？”

谷宏点头，说道：“没错，在你二伯家出现的是我。冤魂索命是我设立的第一道屏障，正好也吓吓那几个不孝子。你应该看到那个化妆盒子了吧，我身材跟你爷爷有几分相像，只是略微装扮了一下就骗过了所有人的眼睛。”

说到此处，谷宏的眼中露出了失望之色。

“青子，你的办案能力还是不行呀。其实我一直都希望你能侦破这个案子的，你是我儿子，我并不想给你制造麻烦，如果这个案子必须有个人来破的话，我希望那个人是你。虽然那样一来，最后不得不抓我的人可能也是你，但至少你能立功，这对你将来的事业是很有利的。可惜，你每次都差一点儿。

“你知道吗？其实我不想继续杀人的，从一开始我就没下定决心，毕竟，杀人是一件很艰难的事。我假扮你爷爷出现的时候，心里就隐隐期待着你能发现那是我，这样后续的计划我都不用实施了。杀你二伯的时候，我给他放血，放到一半我就喘不过气了，跑到外面缓了很久，都想放过他了。结果回来看到他已经只剩一口气了。

“开弓没有回头箭，后来我杀你二妈跟大伯就轻车熟路了，没想到差点儿让你碰到。反正鬼魂杀人说不通了，我就顺坡下驴，承认自己是凶手，留纸条激怒你们，还偷了你们的对讲机。把你跟小迪锁在冰窖里的人也是我，我不想你们妨碍我杀人，你俩都是警校很优秀的学生，我想冻一会儿也不会出事，已经到了那个份儿上，该死的人只剩下你四叔了，我不想前功尽弃。”

“他们身上都没有其他伤，你是怎么做到让他们任你抽血的？”

“他们啊，眼里只有听风瓶，为了瓶子可以不要命。我让他们乖乖让我抽点儿血，算是给爹赔罪，之后就把藏听风瓶的地方告诉他们，不然就把瓶子砸碎，谁都得不到。他们一听就答应了，觉得一点儿血换听风瓶，多划算啊。等他们意识到不对劲的时候，已经太迟了。”

原来如此，难怪找不到威逼伤，这一点小姑父并不知道，所以才说是打晕的。谷青觉得很荒唐，就为了一个瓶子，真是人为财死。

“那你杀四叔的时候为什么留下那么明显的证据？那枚纽扣确实是你衣服上的吧？是不小心还是……还是故意留下的？”谷青问道。

“当然是故意的，我就是想让你来抓我，因为我已经没有人要杀了。可是没过多久我就有些犹豫，因为我知道你和小迪两情相悦，我想看到你结婚生子啊。所以，我虽然丢下了纽扣，希望你能凭纽扣抓到我，但又抱着侥幸心理，希望你不会发现。我这是听天由命，给你留下证据，同时也给自己留点儿余地。结果你发现了，却没有来抓我。我想你可能是不确定，又或者说你不想抓我。这时我已经知道你和小迪在一起了，小迪是个好丫头，跟你妈妈一样，又漂亮又优秀，人很善良，看着她，我又不想那么快被抓了。人都是贪心的，最初只想等你爷爷没了，你也大了，报完仇一了百了，到最后却还想享受一下天伦之乐。于是我就找了你小姑父。”

听到这里，谷青想，如果他能再早点儿带孙迪回家，让父亲看到生活的希望，再次感受到家庭的温馨，这一切可能都不会发生。

“其实我找你小姑父也是迫不得已，我去后山掏泥被你小姑父撞见了，没办法，我只好拿虎子威胁他，威逼利诱，让他替我顶罪。你小姑父是无辜的，虎子得了白血病，他不忍心告诉你小姑，又没人可以商量，所以找到我，但他做梦也没想到是主动送了个软肋给我。他从头到尾都没有参与杀人，只是帮我处理了你四叔，又做了个局，假装成凶手杀我。我跟他说好了，只要他为我顶罪，我就卖了听风瓶给虎子治病。判刑没那么快，就算判了刑他也可以上诉，反正尽可能地拖延时间，等我看到你和小迪结婚生子，我就去投案自首，把他换出来。我没想到你小姑父会答应，看来天下父亲都一样，不愿意看着自己的孩子受折磨。”

谷青没忍心告诉父亲，小姑父的交代中尚有疑点，只要重新为谷江和谷运做尸检，证据链就没那么完整了。顶罪其实没那么容易成功。

“爸，爷爷的尸体被你存放在哪里了？”

提到老爷子，谷宏的眼眶又湿润了。

“我已经把你爷爷葬在月亮坟了，等下我带你去祭拜一下，以后逢年过节，你要记得给你爷爷烧纸。”谷宏说完，挣扎着坐了起来。

其实除了疼，他身上的伤并不影响行动，只是失血过多，头有点儿晕。

“月亮坟？”谷青记得爷爷的坟地早就选好了，就在后山，因为奶奶就葬在那个地方，他们应该要合葬的。

“嗯，你奶奶也被我挪过去了，只是没告诉别人而已。咱们现在就过去吧，留给我的时间恐怕不多了，等到你师兄他们回来，我就得跟他们走了。”

谷青忙上前搀扶着父亲出门。

“谷青，你们要去哪里？”孙迪就在门外，看到他们出来，神色复杂地问道。

“去我爷爷的坟前祭拜。你已经通知师兄了吧？”

谷青很清楚，孙迪一定会把这件事告诉张志东的。可能他才进房间，孙迪就去打电话了。

看到孙迪点头，谷青笑了一下，说：“你先在村委会待着，如果师兄来了，你让他稍等一下，用不了多长时间我们就会回来。”

孙迪犹豫着说：“我跟你们一起去吧。”

谷青盯着她，说：“你放心，我们不会跑，一定会回来的。

相信我好吗？”

孙迪想了想，点了点头，目送父子二人离开。

谷青心里其实很感激孙迪，他没办法如父亲所愿，亲手给他戴上手铐，但他也无法昧着良心私自放人，即便那是自己的父亲。

两人慢慢走到月亮坟，往山上爬了一会儿，谷宏停在了一座没有立碑的坟前，跪倒在地。

谷青也跟着跪下。他磕头的时候闻到了一股淡淡的血腥味儿，不由疑惑地直起身子，朝坟的四周看了看，发现两侧的地面都是淡红色的。

“爸，你把他们的血都洒到这里了？”谷青震惊地问。

“嗯，这样可以让你爷爷安息、超脱。”

谷宏淡淡地回了一句，便不再多言。磕了几个头之后，谷宏站起身，对谷青说道：“儿子，我被抓之后，你给你爷爷和奶奶立个碑，以后经常来看看他们。我死后，你不要把我跟你爷爷奶奶葬在一起，虽然我杀人有一部分原因是要给你爷爷出气，但他一定会怪我，毕竟我杀的都是他的亲生儿子。当年你妈还在时，我们有次讨论过身后事，还说以后要合葬呢，后来你妈没了，她家里人把她的骨灰带走了。可怜你姥姥姥爷只当你妈是失足落水，我没敢告诉他们真相。等我死了，你把我火化了，把骨灰洒在通往县城的路上吧。只是我已经变成了罪人，不知道你妈会不会嫌弃我。”

谷青扭过头狠狠揉了揉眼睛，父子二人一时都陷入了沉默。

谷宏并没有为自己的所作所为后悔，他的仇都报了，他已经得到了解脱，唯一的遗憾就是看不到儿子结婚生子，不过现在这一点至少不用他操心了。

许久，谷宏才长出一口气，在坟边的小土堆里扒了扒，挖出一个小瓶子来，递给谷青说："青子，把听风瓶收好，抽空拿去卖掉，给虎子看病。你小姑父说，只要有合适的骨髓，虎子就有救。还有，从今天开始，你要把你小姑当亲生母亲看待，要是你小姑父的腿伤好不利索，你就帮他养家，照顾好虎子，并且给他们养老送终，明白吗？"

父亲的话让谷青十分心酸，他明白，父亲是在交代后事呢。

"爸，真的值得吗？"

"没什么值得不值得的。我也知道冤冤相报何时了，可我恨了他们几十年，痛苦了几十年，他们呢？他们心里即便有一丝羞愧，也出于不忍苛责自己而越发迁怒于我。人在做，天在看。人做了坏事，就要付出代价，他们作恶时，老天爷忘了惩罚，我就替天行道。现在我做了坏事，搭条命进去也很公平。"

一直以来，谷青都认为父亲是个老实巴交的人，现在看来，是他太不了解父亲了。

尽管几个叔伯都该受到惩罚，可主持公道的应该是法律。人若想凌驾于法律之上，必然会被法律制裁。更何况，以暴制暴的解气只是一时的，父亲报了仇又如何？他心中的痛苦并未减弱分毫，还多了一份无颜面对养父母和妻子的自我厌弃，和再也享受不到天伦之乐的遗憾。这太不值得了。

谷青很清楚父亲要接受何种刑罚，看着父亲那已经有些花白的双鬓，他忍不住一阵心酸。此时的他多想时光能够倒流，让他回到父亲杀人之前，阻止他犯下大错。

谷青不相信鬼神，却深信因果，凡事有因才有果，如果当年叔伯们没有伤害母亲，父亲又怎会记恨他们几十年？对爷爷的不孝只是压倒骆驼的最后一根稻草。人在做什么事情的时候，如果能够好好想想后果，这世上或许会少很多悲剧。父亲也是一样，如果一早就知道复仇后并没有好过多少，估计他就未必还愿意付出这个代价了。

“爸，咱们走吧。”

在爷爷的坟前矗立许久，谷青叫了谷宏一声，谷宏缓缓点头，转身下山。

“爸，你能不能告诉我，那本《地狱手册》你是从哪里得到的？”

“你没看书名吗？那不叫《地狱手册》，而是《人刑》。上面记载了很多残忍的杀人方法，对如何处理现场介绍得也很详细，要不然，我不会一点儿有用的证据都不留下。那本书你可以看一下，可能会对你以后破案有帮助，看完就交给你师兄他们吧，这种书，还是由警方保管比较好，要是落到其他人手里，后患无穷。那书是我在外打工的时候无意间得到的，当时只当作消遣，没想到……

“青子，你知道吗，其实爸当年也是有过警察梦的，小时候我念书可比你叔伯们强多了，你爷爷本以为可以供出一个高才生，可那几个蠢材嫉妒我，给我下泻药让我没法儿参加考试，又集体反对你爷爷供我复读。我失去了继续读书的机会，只好外出打工。你出生后，我就发誓一定要好好培养你，继承我的梦想。你这么争气，爸很欣慰。其实你不知道，你带回来的那些教科书，我基本都偷偷看过，学得可不比你差啊。算了，好汉不提当年勇，走吧。”

谷宏不再多言，走到山下，那里站着十几个警察，为首的正是张志东。

“青子，你这个师兄是个值得深交的人，他有能力，有拼劲儿，还很有正义感，你要多跟他学习。而且你可能不知道，他爸就是市局的局长。好了，我要交代的事情就这么多，以后的路你要自己走好。”

谷青一愣，原来张局是张志东的父亲，上次在局里他一点儿都没看出来。可父亲是怎么知道的？

但他没来得及询问，张志东他们已然迎了上来，孙迪和老戴跟在他身后。

老戴上前就要给谷宏戴上手铐，张志东却摆了摆手，说：“不用了，我相信叔叔不会逃走。”

老戴想要说什么，看了眼谷青，又把话咽了回去，收起了手铐。

谷青朝张志东致谢。张志东微微一笑，说道：“青子，你的做法很让我敬佩，换成别人恐怕做不到。”

他又转向谷宏，说：“叔叔，等到了局里，希望您配合一下，将四起案件详细地跟我们说说。”

张志东说得很诚恳，谷宏点了点头，说愿意配合他。

“青子，你要不要跟我们一块儿走？”

示意老戴带谷宏离开后，张志东将目光落在谷青身上。谷青正望着父亲的背影，张志东说这句话的时候，谷宏刚好回头，用略带悲伤的眼神看了他一眼，缓缓摇了摇头。

他不希望儿子参与后面的事，这太折磨人了。

谁都不希望亲手送父亲上路，而父亲，更不愿意给儿子增加痛苦。

“算了，我就不去了。我爸喜欢抽旱烟，如果可以的话，希望你能在这方面照顾照顾他，拜托了，师兄。”谷青艰难地说道，努力控制自己不当场崩溃，声音都有些哑了。

“放心，即便到了监狱，叔叔也不会受苦的，我向你保证。”

张志东在谷青的肩膀上拍了拍，转身正欲离去，又回过头道：“对了，差点儿忘记告诉你，李力被镇上派出所的几个巡查民警抓到了，很快就会移交给我们。你们村的案子，这就算全结了。”

谷青机械地点点头，张志东叹了口气，上了车。

看着几辆警车慢慢消失在视线里，谷青终于忍不住痛哭起来。之前他一直强忍着心中的悲痛，不想让父亲看到自己软弱的一面，走得不安心。现在，他永远失去父亲了。

“谷青……”

这时有人叫了他一声，他这才看到孙迪没有走。

“你什么时候回警队？”

谷青摇了摇头，说自己想要休息一段时间，拜托孙迪帮他再请几天假。孙迪没说什么，只是点了点头，却并不打算离开，想留下来陪谷青度过这段艰难的日子。

尾声

一年多后，谷青接到了张志东的电话，说他父亲已经执行枪决，遗体被送到殡仪馆火化了，通知他去取骨灰。

行刑之前，谷宏托张志东给谷青传过一次话，让他这期间都不要去探监，更不要在行刑那天出现。

谷青好长时间都没有振作起来，直到传来虎子配型成功的消息。

谷家出了那场变故后，谷德一家既无法接受自己父亲当年的兽行，也无法接受谷宏杀了谷江的事实，和谷青断绝了往来。堂兄弟俩最后一次说话时，谷德问谷青听风瓶的下落，谷青正不知该如何回答，谷德便开口道："你放心，我没打算跟你讨要。我知道虎子病了，那瓶子是要用来救他的。谷家……罪孽太多，能救条命是条命，我没意见。这事儿你不说，我也不会说出去，五姑不会知道，你放心。"

谷青把卖掉听风瓶得来的钱都用于给虎子治病了，对外只说那些钱是城里的慈善机构资助的。小姑父因为妨碍公务，包庇罪犯，还在监狱服刑，等他刑满释放，虎子一定已经活蹦乱跳了。

从警校毕业后，谷青进入市分局刑侦支队，成了张志东的手下。而孙迪则进了另一个分局做刑警。有过那么一段共患难的经历，两人的感情更深厚了。

有一天深夜办完案，谷青和张志东一块儿吃夜宵，谷青突然问道："师兄，你告诉过我爸张局是你父亲的事吗？"

张志东一愣，说："当然没有了。这事没几个人知道的。我家老爷子管得严，怕我因为他的身份受到关照，打从我上警校起就明令禁止我跟任何人提他。再说了，就算他允许我还不愿意呢，靠自己才是真本事。你问这个做什么？难道叔叔知道张局是我爸？"

见谷青点头，他疑惑地自言自语起来："不应该啊，你今天不提起这事，我都以为你也一直不知道。那叔叔是怎么知道的？"

"我也不知道，这件事是他跟你们走之前告诉我的，我还没来得及问他。之后他又一直拒绝我的探视。他被抓那天，是我最后一次见他……这个问题，可能永远都没有答案了。"

张志东拍了拍他的肩膀，说："其实，越是当警察的，越要学会接受不是什么疑惑都会有解答这个事实。一开始会很难受，浑身不舒服，可这世上实在太多问题没有答案了，不然我倒想问问到底为什么会存在犯罪。想那么多也没用，记住叔叔对你的期望，做个好警察，尽职尽责，就够了。"

谷青点了点头，默默喝起了茶……

图书在版编目(CIP)数据

寻凶 / 骑鲸葱花著. -- 北京 : 法律出版社, 2019
ISBN 978-7-5197-3896-9

Ⅰ. ①寻… Ⅱ. ①骑… Ⅲ. ①中篇小说-中国-当代
Ⅳ. ①I247.5

中国版本图书馆 CIP 数据核字(2019)第 209711 号

寻凶
XUNXIONG

骑鲸葱花 著

策划编辑 张发靖
责任编辑 王 晗
特约编辑 黄梦梦
装帧设计 汪奇峰

出版 法律出版社
总发行 中国法律图书有限公司
经销 新华书店
印刷 固安华明印业有限公司
责任校对 晁明慧
责任印制 吕亚莉
编辑统筹 市场研发部
开本 A5
印张 5.625
字数 115 千
版本 2019 年 12 月第 1 版
印次 2019 年 12 月第 1 次印刷

法律出版社/北京市丰台区莲花池西里 7 号(100073)
网址/www.lawpress.com.cn
投稿邮箱/wanghan@lawpress.com.cn
举报维权邮箱/jbwq@lawpress.com.cn
销售热线/010-83938226
咨询电话/010-63939796

中国法律图书有限公司/北京市丰台区莲花池西里 7 号(100073)
全国各地中法图分、子公司销售电话:
统一销售客服/400-660-8393
第一法律书店/010-83938432/8433 西安分公司/029-85330678 重庆分公司/023-67453036
上海分公司/021-62071639/1636 深圳分公司/0755-83072995

书号:ISBN 978-7-5197-3896-9 **定价**:29.80 元